ASSASSINES

DE LA MÊME AUTRICE

Propre, Robert Laffont, « Pavillons », 2024

ALIA TRABUCCO ZERÁN

ASSASSINES

Traduit de l'espagnol (Chili)
par Anne Plantagenet

PAVILLONS

Robert Laffont

Titre original : LAS HOMICIDAS

ISBN : 978-2-221-26688-5
(édition originale : ISBN 978-8426407573, Penguin Random House Grupo Editorial, S.A., Chili)
Dépôt légal : septembre 2025
Éditions Robert Laffont – 92, avenue de France, 75013 Paris
contact@robert-laffont.com

Pour eux, une femme est sauvage
quand elle n'en fait qu'à sa tête.

Christa Wolf, *Médée*

C'est drôle, messieurs les Juges,
on dirait même que vous m'avez souvent jugée.

Marguerite Yourcenar, *Clytemnestre ou le Crime*

Pour Paula

Préface

HORS LA LOI

Celles qui tuent. C'est ce que je réponds, inlassablement, quand on me demande quel est le sujet de ce livre. J'étudie des cas de femmes assassines. Et devant moi, comme une vidéo bloquée, se déroule chaque fois la même scène. Hommes et femmes froncent les sourcils, me lancent un regard affligé, secouent la tête de haut en bas, puis approuvent ma décision de traiter un problème si impérieux, si terrible, et pourtant si banal en Amérique latine. C'est le moment où j'interviens. Où, mot après mot, je corrige leur erreur et vois l'empathie se transformer en désapprobation et réticence. Au lieu du terme « assassines », par un étrange phénomène, beaucoup de personnes entendent le contraire : « assassinées ».

Ce malentendu, qui m'a d'abord laissée perplexe, m'a permis très vite de comprendre un point fondamental : il était plus facile d'imaginer une femme tuée qu'une femme qui tue. Et peu importait que je précise femmes violentes ou homicides, le même glissement, plus culturel qu'auditif, réussissait à effacer l'image dérangeante d'une femme armée et à la remplacer par une autre, désarmée et six pieds sous terre. « Femmes » et « assassines » étaient de véritables antonymes, des mots qui s'avéraient inaudibles ensemble, inimaginables, susceptibles de provoquer aussi bien de curieuses surdités que d'effroyables fantasmes : l'apparition de sorcières, magiciennes, vampires, *femmes fatales*[1].

Cette erreur, bien entendu, ne se produit pas avec le terme « assassin » et les troubles d'audition ne semblent pas non plus responsables. Les lois invisibles du genre opèrent de manière souterraine, orientant systématiquement le scénario de la violence dans la même direction. Un homme qui tue, quelles que soient ses raisons ou ses victimes, ses armes ou les circonstances, ne remet pas en question sa masculinité. Son acte violent est toujours envisagé comme une possibilité et sert même à corroborer son statut de *vrai homme*. Une femme qui tue, à l'inverse, est deux fois hors la loi : hors les lois du code pénal et hors les lois culturelles qui régissent la féminité. Et cette double transgression, cette rébellion dupliquée, est la cause du court-circuit. Si je voulais écrire ce livre, si mon but était d'analyser des affaires emblématiques de femmes homicides, il serait nécessaire de procéder à une rééducation auditive pour faire entendre l'écho de leurs coups de feu.

Mais pourquoi écrire ce livre ? Qu'est-ce qui m'a poussée à fouiller dans de poussiéreux dossiers et

1. En français dans le texte. (*Toutes les notes sont de la traductrice, sauf mention contraire.*)

à affronter des regards de suspicion et de peur ? À un moment où le féminisme a envahi les rues pour dénoncer les dimensions épidémiques de la violence de genre, la question : « Pourquoi écrire maintenant sur des femmes assassines ? » n'est pas anodine. Certains penseront que cette publication est une erreur. Un pas de côté inutile sur un sujet anecdotique, alors que s'éveille une conscience fragile à propos des victimes majoritaires du machisme. D'autres scruteront ces pages en quête d'une équivalence trompeuse entre la violence systématique que subissent les femmes et cette autre violence qui est, dans les faits, exceptionnelle. Je ne prétends pas servir l'objectif de ces lecteurs. Mon intention n'est pas de minimiser la récurrence inquiétante des féminicides, ni de promouvoir le meurtre comme une arme dans le combat féministe. Les femmes qui tuent sont rares et c'est tant mieux. Pourquoi alors m'intéresser à elles ? Qu'est-ce qui m'a attirée chez les criminelles ?

L'élément déclencheur d'un livre est toujours difficile à saisir. Curiosité, entêtement, attirance morbide, désir et révolte s'entremêlent, dans le lointain, quand je pense à la genèse d'*Assassines*. À ces origines complexes s'ajoutent une intuition et une anecdote. Je commencerai par la première. Il s'agit d'un soupçon qui me guide depuis le départ, mais qu'à présent seulement, à la fin de ce parcours sinueux, je suis parvenue à confirmer : évoquer les *mauvaises* femmes est aussi une mission du féminisme. Et je ne fais pas référence à la réhabilitation de figures injustement persécutées à l'image des sorcières que Silvia Federici sauve du bûcher de l'ignorance. Ni à la rabat-joie que Sara Ahmed revendique comme la composante la plus ennuyeuse et la plus nécessaire de la table familiale. Je parle, ici, de véritables malfaitrices, de meurtrières autoproclamées, d'êtres au bord de l'irrécupérable, mais essentielles pour un féminisme qui cherche à ouvrir l'éventail d'émotions de femmes et d'hommes. D'hommes qui ne fonderaient plus leur masculinité sur la violence, et de femmes qui pourraient dire leur colère sans perdre leur humanité.

La pression pour que nous, les femmes, soyons des mères parfaites, des filles et des épouses exemplaires, des modèles de réussite professionnelle, a atteint des niveaux insoutenables. L'ange du foyer de Virginia Woolf nous hante et nous interpelle avec ses revendications féroces à l'intérieur et à l'extérieur de la maison. Résister à ses exigences, et remettre en question ses intentions, est, aujourd'hui, un acte de survie. Demander à l'ange pourquoi nous devons être sacrificielles et passives, silencieuses et serviables ; et ce qu'il y a de mal à exprimer notre indignation ou notre frustration. Woolf propose, perfidement, de l'assassiner. Je suggère un combat en corps à corps entre cet ange et les femmes homicides. Face à son regard incisif, je propose de montrer des femmes qui ne furent pas des héroïnes, mais des délinquantes, des détenues, certaines même qui, munies d'une arme, tirèrent à bout portant. Face à ses requêtes pénibles, je suggère de retrouver quelques tueuses, des femmes étranges, aux antipodes de Simone de Beauvoir ou d'Amanda Labarca, dont les vies ne ressemblent en rien à celles de Flora Tristan ou de Mary Wollstonecraft, mais qui permettent de montrer ce qui se passe quand on ne répond pas aux attentes suspendues au-dessus de notre tête telle une guillotine invisible. Leurs crimes, bien que perturbants, sont une fenêtre privilégiée pour observer le changement de la signification historique d'être femme. Leurs contradictions et leurs échecs servent de miroir opaque dans lequel se reflètent des sentiments qui leur sont rarement permis. Pour cette raison, évoquer ces assassines, parler de leurs actes et de leurs procès, reconstruire leurs scènes de crime est fondamental pour le féminisme. Nous voir en elles, les voir en nous, et prononcer leurs noms sans trembler : Corina Rojas, Rosa Faúndez, Carolina Geel et Teresa Alfaro.

Les raisons pour lesquelles je me suis concentrée sur ces quatre-là sont nombreuses : l'arme que chacune a utilisée, contre des enfants et des adultes, l'impact public de leurs crimes, leurs condamnations étonnantes et ce qu'elles ont inspiré comme romans, chansons, poèmes, pièces de théâtre et films. J'aurais pu inclure d'autres tueuses, c'est sûr. Par exemple l'Américaine Aileen Wuornos, immortalisée dans le film *Monster*, ou Erzsébet Báthory, la comtesse sanglante, inoubliable sous la plume de Valentine Penrose et d'Alejandra Pizarnik. Ou encore María del Pilar Pérez, dont les multiples crimes lui ont valu au Chili le surnom de « nouvelle Quintrala » il y a quelques années. J'aurais pu aussi, pourquoi pas, me focaliser sur La Quintrala historique, Catalina de los Ríos y Lisperguer, baptisée « la mère perverse de la nation chilienne » par la critique Alicia Muñoz et accusée, à l'époque coloniale, d'avoir empoisonné son père, ordonné la mort de son amant, ainsi que torturé et fait assassiner de nombreux esclaves. Cependant, j'ai préféré suivre un chemin moins emprunté. J'ai voulu voir et entendre des femmes ordinaires, anonymes, actives, prolétaires, aristocrates et employées de maison, dont les meurtres se sont déroulés dans le Chili du XXe siècle, mais qui m'ont permis d'aller au-delà des frontières étroites du pays et de leurs cas précis.

Les crimes perpétrés par Rojas, Faúndez, Geel et Alfaro ont suscité les réactions les plus extrêmes dans la société chilienne : indignation, incrédulité, stupeur, effroi et même un silence éloquent. Était-il possible que des meurtres aussi épouvantables aient été commis par des femmes ? Cela signifiait-il que les femmes, si elles obtenaient l'égalité redoutée, tueraient de la même façon que les hommes ? Iconiques dans les archives de la police chilienne, ces assassinats ont eu lieu à des moments-clés de l'histoire du féminisme. Ou bien la logique est inverse : chaque soulèvement féministe a eu son crime exemplaire, délit qui servirait de bouc émissaire pour punir la femme insoumise. Ce n'est pas un hasard si l'affaire Corina Rojas, en 1916, a coïncidé avec la naissance de la première vague du féminisme ; si le cas Rosa Faúndez, la vendeuse de journaux à la criée, a permis de poser la question, en 1923, des conséquences *mortelles* de l'intégration des femmes dans le monde du travail ; si le crime commis en 1955 par l'écrivaine María Carolina Geel a été un prétexte pour débattre des dangers du féminisme après la conquête du droit de vote ; et si la série de meurtres, découverts en 1963 et exécutés par l'employée de maison María Teresa Alfaro, s'est produite au cours de la décennie de la libération sexuelle des femmes. Ces affaires et leurs représentations, comme le fait remarquer avec lucidité l'intellectuelle argentine Josefina Ludmer, ont lieu en même temps que l'irruption des femmes dans la sphère publique et contribuent à contenir, moyennant le châtiment ou le pardon, l'angoisse déclenchée par les bouleversements imminents des structures de pouvoir masculines.

Plus j'avançais dans ma recherche, plus mon travail devenait difficile. Mes quatre protagonistes perdaient leur halo de personnages mythiques et se transformaient, peu à peu, en vraies personnes. Par moments, elles me semblaient rebelles, puis soumises, loquaces, puis taiseuses, froides, puis passionnées. Les femmes homicides sombraient dans une mer agitée sur laquelle il me fallait apprendre à naviguer. Cette tâche allait me demander plusieurs années. Un temps pendant lequel j'ai d'abord été obligée de m'exercer à l'art de la suspicion. Je devais douter de la parole des avocats et des experts, analyser le sensationnalisme des médias, me méfier des versions romanesques et comprendre qu'une question, dans bien des cas, est une accusation masquée. Si je remettais en cause les porte-parole de la loi, incarnés parfois par des juges, parfois par des artistes, je pourrais, avec un peu de chance, entendre les voix des assassines. Et ces voix, celles de Corina, Rosa, Teresa et Carolina, étaient perdues parmi d'autres, beaucoup plus bruyantes : les verdicts des procès, les paroles des chansons et les pages de vieilles archives que personne n'avait souhaité consulter.

Exhumer ces archives a été un défi bien plus grand que je ne l'imaginais. Et en tant que détective improvisée, j'ai eu à esquiver quelques obstacles. En janvier 2015, par exemple, sous un impitoyable soleil d'été, je me suis rendue aux archives judiciaires pour vérifier par moi-même s'il restait une partie des dossiers des tueuses. On m'avait prévenue, à la Bibliothèque nationale, où j'avais trouvé quelques journaux anciens, que c'était improbable, et qu'il était conseillé de ne pas perdre mon temps dans ce bâtiment délabré, peuplé de fonctionnaires hostiles et somnolents. Mais je me disais que de nombreuses décisions de justice devaient toujours être là et que, si j'étais patiente, je finirais par tomber dessus. J'ai attendu presque trois heures que l'archiviste s'occupe de moi. Et quand il est apparu, traînant des pieds dans l'obscurité de son bureau, j'ai compris quelque chose dont j'avais seulement eu l'intuition jusque-là. Je lui ai expliqué en détail ce que je voulais. J'ai souri. J'ai même fait de l'humour pour le mettre dans ma poche. Mais lui, plissant les yeux, m'a demandé comment il pouvait savoir, vraiment savoir, que je n'étais pas à la recherche d'un autre genre de documents, de papiers sensibles sur une époque qu'il valait mieux laisser derrière nous. « Quelle époque ? » a été ma question. Et il ne lui a pas semblé nécessaire de répondre.

Remuer le passé est un acte dangereux dans un pays fondé sur un pacte de silence. Un pacte qui a promu l'impunité et la peur, a imposé plus d'oubli que de mémoire et qui, des décennies après la fin de la dictature, était à présent incarné par cet archiviste. J'ai toujours su que ce pacte impliquait des militaires et des civils, mais je ne connaissais pas son effet corrosif sur le reste de la société. Et même si ces pages ne traitent ni de ce pacte, ni de ce silence, même si elles creusent à d'autres endroits de notre histoire, en revanche elles révèlent et brisent un secret qui fait aussi partie de ce pays craintif et amnésique. Le Chili a voulu oublier Corina Rojas, Rosa Faúndez, Carolina Geel et Teresa Alfaro. Il a voulu les cacher derrière le gros rideau de l'amour, de la passion et de la jalousie, les faire disparaître sous un masque de sorcière. Moi, dans ce livre, je désire leur ôter ce masque une fois pour toutes.

Je dois maintenant raconter une anecdote qui ressemble davantage à un aveu et est également liée à la genèse de ce livre. Il n'y a pas, dans ma famille, de personnes ayant commis d'actes sanglants. Je ferme généralement les yeux quand on montre un cadavre à la télévision, et la seule fois où j'ai approché une arme, c'est lorsque j'ai offert à mon père un vieux tromblon, clin d'œil à notre nom[1]. Pourtant, malgré la distance entre ma vie et celle de ces femmes, entre mes morts et leurs morts, entre leurs condamnations et les miennes, me voici devant un manuscrit où je décris la lame d'un poignard, l'effet d'un poison et l'éclat d'un coup de feu. Et la question est toujours là, flottante : pourquoi ?

1. *Trabuco* (avec un seul *c*) signifie « tromblon » en français.

Quand j'étais petite, pendant une période qui me paraît aujourd'hui lointaine et confuse, j'ai décidé que je voulais être avocate. Je crois que je fantasmais à l'idée de défendre les droits de l'homme ou de réussir, du haut de mes sept ans, à mettre des coupables derrière les barreaux. Je ne me rappelle pas avoir eu beaucoup de doutes et quand finalement ils ont surgi, insidieusement, il était trop tard. Assise au dernier rang d'une grande salle de l'université du Chili, j'écoutais, entre deux bâillements, un professeur parler de l'importance des délais dans le droit procédural. Plus fidèle à mon entêtement qu'à mon désir, j'ai résisté à ce genre de cours et à d'autres encore pires et j'ai obtenu, à bout de souffle, mon diplôme. Il ne me restait plus qu'à faire un stage et à prêter serment devant la Cour suprême : j'exercerais honnêtement ma profession.

Au mois de mars, je me suis rendue à la Corporation de l'assistance juridique. J'ai monté l'escalier jusqu'au troisième étage et frappé à la porte d'un bureau. Deux longues tables traversant la pièce faisaient office de bureau commun où des dizaines de stagiaires recevaient leurs nouveaux clients. La secrétaire m'a fait signe d'entrer, a vérifié mon nom, puis m'a remis une montagne de dossiers. Et au passage, comme s'il s'agissait d'un détail sans importance, elle a ajouté :

— Ton délai d'appel expire demain.

Je n'ai pas su quoi dire. J'ai avancé maladroitement jusqu'au dernier espace libre, une chaise en face d'une immense baie vitrée, et je me suis effondrée.

Cette nuit-là, je n'ai pas dormi. Je me suis préparé une Thermos de café et j'ai rédigé mot par mot le recours que je devais présenter le lendemain. À la première heure, je suis retournée à la Corporation, j'ai posé le brouillon sur le bureau du bâtonnier et j'ai attendu qu'il le signe pour pouvoir l'apporter aussitôt au tribunal. Une demi-heure plus tard, une voix sèche a prononcé mon nom. Je me suis levée d'un coup et me suis dirigée vers son bureau. Un diplôme était accroché au-dessus de sa tête et, à côté de lui, sur un agenda, figurait une liste de dizaines de recours en appel gagnés. Il a tendu la main et, avec son index, a donné de petits coups sur le document qui m'avait tenue éveillée toute la nuit. Sans lever les yeux, secouant la tête à plusieurs reprises, il a énoncé son verdict :

— Nous ne sommes pas ici pour écrire de la littérature.

Un crayon avait rayé des paragraphes entiers, biffant des adjectifs et remplaçant mes mots par d'autres qui grinçaient comme des centaines d'ongles contre une ardoise géante.

— Je fais appel de la décision, je vous prie, monsieur le Juge, avec tout le respect que je dois à la cour.

C'étaient les formules officielles. Et je devais en mémoriser les tournures si je voulais intégrer le cercle restreint des avocats.

Six mois ont passé, avec une lenteur cruelle, jusqu'à mon dernier jour de stage. Il me restait seulement à accomplir un rite qui pour beaucoup représente le début, mais qui pour moi était la fin tant attendue.

Je me souviens d'avoir choisi une veste rouge. Dans ma poche, j'avais le billet qui m'emmènerait loin le jour même. Mais je me souviens surtout, vivement, de ma joie quand j'ai levé la main, entourée de portraits d'illustres avocats, et que, devant ce groupe de juges, j'ai dit oui, oui, oui, tandis que je me jurais, en silence, de ne plus jamais remettre les pieds dans un tribunal.

J'ai tenu ma promesse pendant presque dix ans. Et je l'ai rompue le jour où j'ai commencé cette recherche. Craintive, persuadée qu'un piège m'attendait, je suis retournée dans les tribunaux de justice. Mais, au lieu de me plier à leurs règles et rituels, j'ai regardé ces lieux sous une nouvelle lumière. Un décor tragique, dans lequel se jouent les pièces les plus horribles et se définissent les destins les plus dramatiques. J'ai revu l'estrade et le juge, les avocats de la défense, ceux de l'accusation, j'ai observé la justice aveugle et sa balance déséquilibrée. Et uniquement sous cette nouvelle lumière, ou peut-être cette nouvelle ombre, j'ai pu distinguer ces quatre femmes au-delà de leur profil criminel. Pour la première fois, je les ai vues de face et j'ai compris qu'elles se situaient, comme Médée et Lady Macbeth, comme Méduse et La Quintrala, dans un interstice. Entre le mythe et la réalité, le passé et le présent, le droit et la littérature. Je les appellerais *Las homicidas*, reprenant ce mot condamnatoire dans son étymologie, *homo* (« homme »), *caedere* (« tuer »), ce délit indicible, impensable pour une femme, je revivrais leurs vies et leurs crimes, me situerais dans la fiction et dans le réel, et j'écrirais avec violence sur la violence, avec amour sur l'amour, avec peur sur la peur. J'écrirais ce livre contre le rouge de ce crayon et contre tous les crayons rouges qui s'échignent, depuis trop longtemps, à délimiter pour nous, les femmes, les frontières étroites de la loi.

Santiago
N.º 338

« Un mort pour le cœur »

CORINA ROJAS

Un peu avant minuit, le vendredi 21 janvier 1916, un enfant de dix ans débarqua, à bout de souffle, dans un commissariat au centre de Santiago. Interrogé sur ce qui se passait, le garçon répondit en sanglotant que son père, David Díaz Muñoz, était mort, dans son lit. Les policiers se levèrent comme un seul homme et coururent au domicile du petit. Là, ils trouvèrent une femme, Corina Rojas, vingt-sept ans, enlaçant le corps ensanglanté et pleurant à chaudes larmes.

Cette scène est décrite ainsi dans le rapport de police de l'époque. Comme le révèlent ses pages, abîmées par le temps, la famille dîna joyeusement en compagnie d'un groupe d'amis. Après le départ des invités, à plus de vingt-trois heures, David Díaz se retira dans sa chambre, se coucha et s'endormit. Pendant ce temps, Corina faisait sa toilette dans la salle de bains, aidée d'une domestique. Ce n'est qu'après être retournée dans la chambre qu'elle découvrit son mari, soixante-deux ans, un poignard dans le cœur.

« Meurtre effroyable à Santiago », titra le lendemain le journal *El Mercurio*. Mais ce fut *Las Últimas Noticias*, plus sensationnaliste, qui immortalisa à sa une cet assassinat iconique : « Le crime sensationnel de la rue Lord Cochrane ». Un hématome sur la tempe et la plaie profonde dans la poitrine de la victime permirent aux enquêteurs d'écarter la thèse du suicide. Par conséquent, ils arrêtèrent aussitôt les premiers suspects : les trois employées de maison et les invités du dîner. Cependant, tous furent remis en liberté l'un après l'autre. Pendant ce temps, la veuve demeurait enfermée chez elle, à l'abri de toutes les rumeurs : pâle, muette et sujette aux évanouissements, selon les médias. Mais de nouveaux éléments ne tardèrent pas à apparaître : « Des faits étranges pour une société respectable », insinua *El Mercurio*, tandis que *Las Últimas Noticias* évoqua « une attaque contre les nobles sentiments qui constituent les bases du foyer ».

Les deux journaux firent allusion dans leurs articles à une « amitié intime » entre Corina Rojas et son professeur de piano, Jorge Sangts. Une relation apparemment sans importance pour les policiers, mais qui éveilla les soupçons du juge. Causant l'émoi chez les reporters, le magistrat décida de sa propre initiative d'arrêter et d'isoler Sangts et Corina. D'autres découvertes, avidement rapportées par la presse, suivirent leur détention : dans la pension où logeait Jorge Sangts furent saisies de nombreuses lettres d'amour et rien de moins que les clés de la maison située au 338, rue Lord Cochrane. À ces découvertes s'ajoutèrent deux mots anonymes reçus par la police, suggérant la possibilité d'un meurtre commandité. Les mots mentionnaient deux nouvelles personnes : Alberto Duarte, un cocher de trente et un ans, et Rosa Cisternas, une vendeuse d'empanadas de quatre-vingt-trois ans.

Une fois Jorge Sangts, Corina Rojas, Alberto Duarte et Rosa Cisternas entre les mains de la justice, l'enquête fut rapidement menée et les journaux divulguèrent l'histoire suivante : Corina Rojas était mariée depuis douze ans à David Díaz Muñoz au moment du crime. D'après ses déclarations, c'était « un mariage sans amour ». Corina se sentait seule et malheureuse, victime d'un époux avare qui la trompait. Sa dépendance économique et l'illégalité du divorce la maintenaient prisonnière entre les tâches domestiques et d'interminables disputes conjugales qui avaient affaibli sa santé fragile et sa patience encore plus vacillante.

Dans ces circonstances, et sans issue apparente, Corina rencontre Jorge Sangts, un homme à peine plus âgé qu'elle, qui se présente lui-même comme professeur de piano et de langues. Rojas décide de l'engager, et tandis qu'ils alternent cours particuliers et longues promenades de fin d'après-midi, le couple entame une amitié qui se transforme rapidement en relation amoureuse. Après des mois de rencontres furtives et de leçons de musique peu assidues, leur lien se consolide, ainsi que l'angoisse, selon leurs propres mots, de ne pas être libres. Et cette liberté désirée, au début du XXe siècle, ne pouvait être conquise qu'à une condition : le veuvage.

Dans le but d'accélérer la mort de Díaz Muñoz et d'assouvir leur désir d'être ensemble, Corina et le jeune Santgs se rendent chez trois soi-disant sorcières. Les inconnues leur confient des potions et leur apprennent d'étranges sortilèges, mais rien ne fonctionne. Malgré l'encens et les breuvages, David Díaz Muñoz est en parfaite santé, et Jorge Sangts, de plus en plus entêté à mettre un terme à son statut d'amant. Il ne supporte pas que Corina reste mariée à un autre et lui pose un ultimatum : son époux ou lui. Désespérée, Corina le supplie d'essayer une dernière chose : elle a entendu parler d'une femme susceptible de résoudre leurs problèmes et lui propose de rendre visite, un après-midi brûlant de janvier, à la fameuse sorcière Rosa Cisternas, dont les pouvoirs garantissent une solution rapide.

Dans une petite maison située à l'extérieur de la ville, ils sont reçus par une vieille femme pauvre et courbée, en mauvaise santé mais très persuasive. Rosa Cisternas écoute avec calme le récit de Corina et lui prescrit une liste infinie de remèdes et d'enchantements. Au bout de plusieurs échecs seulement, et devant l'insistance de la malheureuse épouse, elle leur conseille l'issue la plus sûre et la plus efficace : le meurtre à mains nues. Alors Cisternas contacte le cocher Alberto Duarte et tous s'accordent sur un plan et une somme d'argent.

Les semaines passent jusqu'au 21 janvier 1916. Corina retourne ce matin-là chez Rosa Cisternas,

ébranlée par une nouvelle dispute avec son mari. Elle lui dit qu'elle n'en peut plus, elle veut être libre le plus tôt possible et est prête à tout. Et, pour Corina Rojas, « prête à tout » signifie aller jusqu'au meurtre. La sorcière Cisternas l'observe avec attention. Elle comprend l'urgence. Et décide de mettre définitivement un terme à la souffrance de l'épouse.

À dix-neuf heures, alors que le dîner bat son plein, Duarte arrive rue Lord Cochrane et attend patiemment un signe convenu. Il s'agit d'une villa typique de la bourgeoisie de Santiago : grande hauteur sous plafond, long couloir, parquet en bois et petit jardin. Près de la fenêtre, le réverbère est éteint et de l'extérieur on entend fuser des rires, le tintement joyeux des verres et les notes de piano que joue Corina pour divertir ses invités. Soudain, une pause. Quelqu'un entrouvre la porte principale. Alberto Duarte pénètre dans la maison et Corina le mène jusqu'au bureau contigu à la chambre conjugale, où il se cache derrière un épais rideau.

Il va attendre quatre heures. Corina, régulièrement, vient vérifier que le tueur est toujours là et l'encourage, entre deux gorgées d'apéritif, à ne pas trembler et à garder son calme. Les invités partent finalement un peu après vingt-trois heures. Corina et son mari se retirent dans leur chambre. Díaz Muñoz déboutonne sa chemise, enlève son pantalon et insiste pour coucher avec elle. Peu après, Corina sort de la pièce. Contrairement à ses habitudes, elle demande à Victoria Granifo, sa plus fidèle domestique, de l'accompagner dans la salle de bains. L'employée sera son alibi, et c'est aussi un signal pour le tueur, la confirmation que son époux est seul désormais. Duarte quitte sa cachette et entre dans la chambre conjugale. Au pied du lit l'attend une carabine déchargée. Un coup violent à la tempe gauche réveille Díaz Muñoz, mais Alberto Duarte, saisissant un poignard, l'enfonce de toutes ses forces dans sa poitrine. Il n'y a pas de cris. Pas de résistance. Rien n'indique qu'un meurtre vient d'être commis. L'assassin s'enfuit et jette le poignard dans un caniveau. Alors seulement, Corina revient dans la chambre, ses hurlements réveillent son fils aîné, qui court, désespéré, prévenir la police.

[Journal de l'enquête]

Le nouveau bâtiment du tribunal reflète dans ses vitres le paysage désertique. Face à lui, comme un morceau persistant du passé, une demeure en briques et un vieux panneau indiquent ma destination. C'est le dernier tribunal de l'ancien système judiciaire et je crois que là, quelque part, je pourrais trouver ce que je cherche : la décision de justice à l'encontre de Corina Rojas. Je m'avance vers le guichet et j'observe attentivement une femme qui remue son café avec une petite cuillère. Chaque tour dans la tasse me fait penser qu'elle est là aussi depuis un siècle, à attendre. Elle ne lève pas le regard en entendant ma question. Elle répète simplement l'année. 1916 ? J'acquiesce. Je lui explique que tout le monde est mort. Que j'enquête sur une affaire historique, résolue. Elle hoche la tête négativement et se désintéresse de moi. Ignorant mes protestations, elle répond que si je souhaite consulter un dossier, j'ai besoin d'une autorisation. Corina doit ressusciter et signer un document pour me donner accès à ce compte rendu de procès qui, apparemment, n'est toujours pas terminé.

Après l'arrestation des principaux suspects, Corina Rojas et Jorge Sangts se retrouvent au cœur d'une série de confessions erratiques et de rétractations. Les premières heures, Corina nie tout lien avec son professeur de piano. Elle ne le connaît pas, affirme-t-elle. Elle n'a jamais pris de cours de musique et ne sait pas un seul mot étranger. Mais une confrontation soigneusement préparée par la police, où on lui présente les dizaines de lettres d'amour qu'elle a écrites, la force à revenir sur ses déclarations. Corina avoue alors son infidélité et s'attribue toute la responsabilité du crime. Son cher Jorge n'a rien à voir avec cet assassinat, assure-t-elle, tout, tout, tout a été son idée à elle. Mais quand elle apprend que son Sangts adoré ne l'a pas contredite, Rojas révèle la vérité : ils ont tous deux planifié le meurtre, et si elle y a participé, c'est uniquement par amour.

— J'ai peut-être rêvé trop fort et aimé passionnément, reconnaît-elle devant les greffiers de justice.

La découverte d'une relation entre Rojas et Sangts servit de boussole à l'enquête et le juge s'obstina à dénicher des détails qui lui permettraient de clarifier le mobile du crime. Son hypothèse paraissait se tenir : Corina désirait tuer son mari pour s'unir à son amant qui, de son côté, la voulait pour lui seul. Grâce au travail de la police et aux deux confessions, l'existence de l'idylle fut très vite prouvée, mais l'enquête ne s'arrêta pas là et révéla d'autres éléments intimes : le lieu où les amants avaient couché ensemble, s'ils avaient parfois dormi dans la maison, si Corina avait eu un rapport avec son mari la nuit du meurtre, si elle avait eu d'autres amants dans le passé. La vie sexuelle de Corina Rojas allait être attentivement scrutée tout au long de la procédure pénale, au point de devenir le point central du procès.

« Sa conduite antérieure n'est pas irréprochable, décréterait le juge, car aussi rapidement qu'elle chercha la main qui devait ôter la vie de son époux, c'est-à-dire qu'elle se rendit complice du délit pour lequel elle était jugée, Corina Rojas en avait commis un autre : le délit d'adultère. »

Le magistrat attribue à l'infidélité de Corina un rôle décisif. La veuve est soupçonnée de l'assassinat une fois seulement que sa réputation de femme et d'épouse est remise en cause. La relation adultère *a déterminé* son comportement meurtrier, semble dire le juge, et constitue un crime antérieur, qui doit être pris en compte dans le procès.

Aussi anachronique que paraisse ce raisonnement, sa persistance est stupéfiante. Le délit d'adultère a seulement disparu du code pénal chilien en 1994. Par conséquent, les sanctions sévères prises au début du siècle passé ne sont pas si étonnantes. La loi prévoyait alors jusqu'à cinq ans de prison pour « la femme mariée couchant avec un homme qui n'[était] pas son mari ». Tout était différent, bien entendu, si ce délit était commis par un homme. Pour qu'un homme marié soit condamné pour adultère, d'autres facteurs devaient être pris en compte. Au point que le délit lui-même changeait de nom : il ne s'agissait plus d'adultère mais de concubinage. Et pour que le mari soit condamné pour ce crime, il ne fallait pas seulement qu'il *couche* avec une autre femme, mais qu'il ait « une concubine à l'intérieur du domicile conjugal ou à l'extérieur, de manière éhontée ». La peine maximale dans ce cas était de cinq cent quarante jours de prison au lieu des cinq ans imposés à la femme pour un délit ostensiblement moins grave. Cependant, si le même crime était commis par l'épouse, c'est-à-dire si elle avait « un concubin à l'intérieur du domicile conjugal ou à l'extérieur, de manière éhontée », les sanctions grimpaient jusqu'à atteindre une des plus sévères de la législation : l'exil. L'adultère féminin, dans sa version la plus grave, n'était pas seulement considéré comme immoral : c'était un acte contre la patrie. Et son autrice devait être expulsée des frontières du pays pour restaurer l'honneur de la « grande famille nationale », selon les mots de la critique Doris Sommer.

Mais pourquoi l'adultère était-il un délit féminin ? Par quels mécanismes la loi en est-elle venue à sanctionner plus sévèrement les épouses que leurs maris pour le même comportement ? Plus encore, pour quelle raison la loi chilienne, jusqu'en 1953, permettait-elle de décharger de sa responsabilité un mari qui assassinait sa conjointe s'il la surprenait en flagrant délit d'adultère ? La réponse souligne une conception bien ancrée de l'honneur, perversement toujours d'actualité. À la différence de l'honneur féminin, qui repose sur le comportement sexuel de la femme (sur son abstinence ou sur sa fidélité conjugale absolue), l'honneur masculin, c'est-à-dire sa réputation en tant que *vrai homme*, dépend en bonne partie de la conduite de la femme. L'épouse, comme l'affirme l'anthropologue Myriam Jimeno, représente toujours une menace latente pour son mari, car sa réputation dépend de ses actions à elle. C'est pourquoi la préservation de la fidélité de l'épouse était une obligation, c'est pourquoi on avait même le droit de l'assassiner impunément si on la surprenait sur le fait. Et ça, Corina Rojas le savait très bien. « Même quand j'ai trompé mon mari, je ne lui ai jamais manqué de respect, déclarerait-elle. J'ai toujours préservé très strictement les apparences. Les gens qui me connaissaient n'ont jamais rien soupçonné. » Mais une fois le meurtre découvert, la discrétion de Corina n'aurait plus d'importance. Le thème de la femme adultère serait central dans l'argumentation de chacune des personnes impliquées.

Revenant sur ses premières déclarations, Jorge Sangts expliqua aux membres du tribunal que « depuis longtemps il repoussait Corina Rojas », que c'était elle qui le harcelait, et non l'inverse, et que « Rojas, à l'époque du crime, avait d'autres amants ». Sangts reprit l'argument de l'infidélité comme si lui, pour sa part, n'avait rien eu à voir là-dedans. Et il ne s'arrêta pas là. Après avoir suggéré que Corina fréquentait d'autres hommes régulièrement, il demanda au tribunal de se prononcer de manière claire « sur l'organe touché par l'hystérie chez l'accusée Corina Rojas ». « *Organe* », dit Sangts, pointant une étymologie révélatrice : *hystérie* provient du grec *hysteron*, « utérus ». Sangts prétendit présenter au juge un cas d'hystérie, une sexualité féminine hors de contrôle, qui lui permettait de désigner Corina Rojas comme la seule responsable du crime. Sa stratégie était habile : insister sur la transgression sexuelle pour renforcer la culpabilité de Rojas et faire valoir sa propre innocence.

La défense de Corina Rojas s'avéra encore plus extravagante, puisque, au lieu de relativiser le rôle central de l'hystérie, elle tenta d'en tirer profit. Son avocat demanda au juge d'essayer de savoir « si les relations illicites de l'accusée avec Jorge Sangts [devaient] ou [pouvaient] être considérées comme un vice ou comme la conséquence de la perversion morale caractéristique de l'hystérie dont [souffrait] Rojas ». Il lui demanda également d'enquêter sur les « perturbations menstruelles de doña Corina ». La manœuvre de Rojas et de son avocat est fascinante : elle consistait, en paraphrasant Josefina Ludmer, à retourner les stéréotypes de genre en sa faveur. Si les femmes étaient des créatures irrationnelles, hystériques ou perverses moralement, elles ne pouvaient pas être responsables de leurs actes. Et, sans responsabilité, il ne peut pas y avoir de châtiment.

[Journal de l'enquête]

Découragée, je quitte le tribunal et me rends à la Bibliothèque nationale. Je consulte les journaux de 1916, mais après une ou deux heures de lecture, l'opacité des microfilms et la lumière lugubre du sous-sol m'empêchent de continuer. Je me concentre, alors, sur une photographie. Je l'examine comme si elle contenait un secret : les boucles d'oreilles, la veste sur le corps, cette peau si pâle, contrastant avec le noir des sourcils. Corina Rojas a le profil arrondi de l'enfance. Seule la plume de son chapeau la vieillit, la situe dans une autre époque. Je crains de ne jamais trouver le dossier judiciaire. Tant de documents importants ont été perdus au Chili. Les incendies, les tremblements de terre, les inondations bien opportunes. Soudain, j'ai une idée. Dans mes propres archives, dans mes souvenirs de ces années passées à étudier le droit, me revient un mot égaré : grâce. Et si Corina Rojas avait été graciée ? Je rends les microfilms et plonge dans les tunnels du métro.

Si, au début du XXe siècle, les femmes n'avaient d'indépendance dans quasiment aucune sphère de leur vie, celle du crime ne pouvait certainement pas constituer une exception. Rapidement après la découverte du meurtre, le duo composé par Corina Rojas et Jorge Sangts fut désigné par la presse comme « vrai couple

criminel ». Face à la menace d'un homicide perpétré par une femme seule, et comme stratégie pour entretenir le récit de faiblesse et de dépendance féminine en vigueur ces années-là, le couple servit de rempart opportun et rassurant.

Le mouvement féministe, à cette époque, traversait une période cruciale. Les Chiliennes faisaient leurs premiers pas dans l'espace public grâce à des centres, des associations, des clubs de lecture et des corporations qui se créaient tous les mois. Ces avancées, quoique timides, étaient observées avec effroi par une partie de l'élite politique. Et le féminisme, se faisant peut-être l'écho de ces craintes, se débattait entre un discours qui revendiquait de nouveaux droits et un autre qui défendait les rôles traditionnels liés au soin et à la maternité. Pas étonnant alors qu'un assassinat planifié par une femme ait suscité autant d'émoi chez certaines militantes. Et que l'hypothèse du couple criminel ait été déterminante pour diluer ces anxiétés. D'un côté, elle apporta de la vraisemblance à l'homicide (il était impensable qu'une femme seule commandite un meurtre) ; de l'autre, elle apaisa l'inquiétude provoquée par une femme indépendante et violente.

Selon cette logique, Corina Rojas ne pouvait pas avoir agi sans une aide extérieure. Différents duos se formeraient pendant le procès pour éliminer la possibilité d'une culpabilité féminine unique : Corina Rojas et son amant Jorge Sangts, Corina Rojas et la sorcière Rosa Cisternas, Corina Rojas et le cocher Alberto Duarte. Ces alliances seraient déterminantes pour ôter une part de responsabilité à la tueuse. Et la stratégie aurait fonctionné à la perfection si les partenaires, à cause de leurs caractéristiques particulières, n'avaient pas exacerbé l'insoumission de Corina.

Dans le couple constitué par Rojas et Sangts, elle endossa tour à tour un rôle ambivalent : parfois sous l'influence de Sangts, et parfois dominant celui-ci. En tant que femme sous emprise, elle aurait dû être décrite par les médias comme une personne forcée de participer au délit et, par conséquent, non comme une véritable transgressive. C'est ce que tenta de faire Rojas, lorsqu'elle affirma qu'elle avait été poussée par Sangts, qui lui remit du poison en mains propres, tandis qu'elle était aveuglée par son amour : « Je ne suis pas une criminelle, mais une malheureuse, troublée par un amour maudit qui m'a conduite au précipice », déclara-t-elle pendant le procès.

Saisissant l'occasion pour relativiser la responsabilité criminelle problématique d'une femme, le jugement reconnut que « la grande affection qu'éprouvait » Corina pour Jorge Sangts influença celle-ci. Mais bizarrement, cette influence n'entraîna aucune conséquence juridique. Le tribunal, d'ailleurs, n'atténua en rien la culpabilité de Rojas, mais la punit plus sévèrement que son amant. Et cela à cause de sa transgression antérieure : l'adultère. Si l'influence devait plaider la cause de Rojas, l'adultère rétablit sa culpabilité et la nécessité d'un châtiment. Une faute originelle (un péché originel) qui justifia une peine aggravée. L'adultère, et non le meurtre, empêcha Rojas d'être l'élément faible du couple.

La question de l'autorité au sein du couple ne fut pas moins embarrassante. La seule idée d'une femme dominant un homme sur le terrain de la violence, culturellement et symboliquement masculin, causait des réactions furieuses à l'intérieur et à l'extérieur des tribunaux. « Une hyène aux instincts amoraux », dirait la revue *Corre-Vuela* et même *El Mercurio* parlerait de Corina Rojas comme de l'incarnation d'un « chacal ». Élément fort du couple, Rojas n'est plus une femme et devient une créature insensée qui, non seulement enfreint la loi, mais aussi les injonctions de passivité et de mesure imposées par son sexe, se transformant, ainsi, en un animal féroce.

Si la coresponsabilité Rojas-Sangts était déjà assez compliquée, il fallait encore ajouter un ingrédient : le couple formé par une femme chilienne d'origine incertaine (bourgeoise selon les uns, paysanne de souche selon les autres) et un homme dont l'identité se retrouva au centre d'une polémique sans précédent.

Sangts avait émigré au Chili quatre ans avant le meurtre, ce qui entraîna pour lui un changement de résidence mais également de nom et de prénom. À partir de là, il se fit appeler Jorge Sangts Frick et affirma qu'il était professeur de musique et de langues, même si on ne sut jamais quelles langues il parlait ni de quels instruments il jouait. Cette mystérieuse identité lui permit de fréquenter rapidement l'élite de Santiago, dans laquelle le dénommé Díaz Muñoz occupait une place de premier plan.

La presse, attentive à ne pas heurter les sensibilités, le décrivit d'abord comme un jeune Allemand, professeur de piano, mais ce portrait laconique se transforma grâce à une découverte insolite. La police bolivienne, après une requête de la justice chilienne, envoya un télégramme informant que Sangts s'appelait en réalité José Justino Gandarillas, était natif de Cochabamba, en Bolivie, de mère bolivienne et de père inconnu, et qu'il avait fui son pays à cause d'énormes dettes. Fort de ces nouveaux éléments, le tribunal balaya la circonstance atténuante de bonne conduite antérieure et les journaux, abandonnant leur concision, commencèrent à le surnommer « le faux Sangts ». La revue *Corre-Vuela* publia même un article intitulé « La double personnalité », dans lequel elle ironisa sur l'accusé : « C'était comme une monnaie. Une fausse monnaie. Ses amis le croyaient allemand "pure race". Beaucoup en venaient à dire qu'il est frère de lait du Kaiser. Pour d'autres, c'était un véritable voyou,

un gigolo, un vaurien, un escroc. C'était un Bolivien pure souche, de parents inconnus. Qui croire ?! »

La connivence entre Corina Rojas et ce personnage insaisissable allait générer des tensions inattendues. La description de Sangts comme pseudo-Européen et pseudo-Latino-Américain (donc potentiellement indigène) résonna avec les origines du métissage chilien. D'un côté, avec l'immigration choisie et désirée de personnes en provenance d'Allemagne dans le but supposé d'améliorer la race chilienne et, de l'autre, avec le métissage indigène non désiré. Dans une des caricatures de l'époque, la main blanche de Sangts tient la plume et le crucifix, symbolisant la civilisation et le progrès, tandis que l'autre empoigne un couteau et une tête de mort. Sangts, faux Allemand, était brun et bolivien. La presse se hâta de mettre en avant cette identité compromettante. Que Corina Rojas, une femme chilienne portant des tenues flamboyantes et mariée à un aristocrate de renom, prétende remplacer son mari blanc, de la haute bourgeoisie, par un immigrant bolivien, ne pouvait que lui nuire. Elle fut influencée par Sangts (*sang*, en français), semble dire le jugement, et doit, pour cette insubordination, être châtiée de manière exemplaire. Que Corina fût sous emprise et qu'elle ait eu une liaison avec une figure masculine ne constituent plus des circonstances atténuantes à sa transgression. Au contraire, qu'elle ait subi l'influence d'un homme *comme Sangts* semble être un facteur aggravant. L'infidélité (la trahison) dépasse sur ce plan la figure de David Díaz Muñoz et s'étend à tous les Chiliens, évoquant le fantasme de l'adultère comme crime contre la patrie. Et l'identité de cette patrie est mise en péril par une femme insoumise qui ouvre les portes de sa maison à un homme étranger. Dans cette alliance, Rojas apparaît comme partie prenante d'un couple hautement dangereux. Et alors que Sangts est conduit derrière les barreaux, elle, Corina Rojas González, est condamnée au peloton d'exécution.

[Journal de l'enquête]

Cent ans exactement ont passé, tandis qu'un homme quasiment aussi vieux pose sur mon bureau un cahier relié en cuir. Je suis aux Archives nationales de l'Administration, où sont conservés les décrets du pouvoir exécutif. J'ai demandé tous les documents de 1916 à 1918 et à côté de moi les livres s'entassent sur un

chariot vétuste. L'homme me fait signe de mettre les gants et j'obéis à son instruction silencieuse. J'ouvre le premier cahier. L'une après l'autre passent entre mes doigts les centaines de grâces qui ont libéré des hommes et, surtout, des femmes. Lentement, l'extrémité des gants s'obscurcit. C'est une tâche interminable. Je passe à un autre cahier. Un autre. Encore un autre. Rojas. Rojas. Rojas. Je m'arrête. Ce n'est pas possible. Inscrit sur le papier jauni, gravé à l'encre bleue sur une feuille qui un jour fut blanche, apparaît son nom. Je relis : Corina Rojas. Un jugement perdu pendant cent ans. Un siècle. Je ressens quelque chose qui se rapproche fortement du bonheur.

Corina Rojas et Jorge Sangts ne furent pas les seules personnes impliquées dans le crime à poser un problème. Bien que décrite sommairement par le tribunal comme « une femme de quatre-vingt-quatre ans, mariée, de Parral, vendeuse d'empanadas, analphabète, aucun antécédent judiciaire », Rosa Cisternas est présentée dans la presse comme une sorcière, statut associé au Chili à ses origines indigènes.

Depuis l'époque coloniale, la sorcellerie est restée liée à une résistance ethnique face à la conquête colonisatrice. Une résistance condamnée socialement et qui, selon l'anthropologue Sonia Montecino, rend la sorcière supposément responsable de tous types de malheurs, parmi lesquels le métissage. D'après ce récit, femmes blanches et indigènes conspiraient par le biais de rites et cérémonies pour stimuler la passion, et c'est précisément le souvenir de ces rituels qui renaît avec force dans le duo Rojas-Cisternas. Deux femmes d'origines différentes, mais avec un langage commun qui provoque l'inquiétude.

Face à cette association préjudiciable, Rojas réactive sa stratégie. Elle précise que le crime a eu lieu uniquement « à cause de l'influence et de la pression que la sorcière Cisternas exerçait sur [sa] faiblesse de femme », se décrivant elle-même comme *vraie femme*, fragile et influençable, pour minimiser sa responsabilité. Et peut-être aurait-elle atteint son objectif si cette alliance féminine avait été moins puissante. Dans le jugement de première instance s'imposa l'hypothèse d'un crime prémédité par les deux femmes, ce qui se traduisit par un châtiment de la même sévérité pour l'une et l'autre.

Une fois établie cette double culpabilité, la presse traça le portrait d'un duo féminin avec du pouvoir, des pouvoirs. Et à cause, sans doute, de l'étendue préoccupante de ces pouvoirs, les deux femmes seraient séparées en seconde instance. Devant la cour d'appel, Rosa Cisternas verrait sa participation réduite au statut de complice, et Corina Rojas endosserait finalement une plus grosse part de responsabilité. Mieux vaut une femme seule avec du pouvoir qu'un duo féminin et puissant, semble dire la cour. Dans le verdict définitif, Rosa Cisternas fut condamnée à huit ans de prison. Au grand soulagement du public, son avocat proclamerait que « ses pouvoirs, en réalité, étaient inoffensifs ».

Il restait à résoudre la question d'un dernier protagoniste : Alberto Duarte. Le jugement le décrit comme un cocher de trente et un ans, analphabète, surnommé El Negro Duarte, insistant sur le contraste avec le descendant blanc d'Européens incarné par l'époux. Pendant ce temps, les journaux se réfèrent à ce personnage avec ambiguïté. « Un homme du peuple sans foi ni loi, oisif, baroudeur », selon la revue *Zig-Zag*, qui plus tard fera l'éloge du voyou opportuniste, le qualifiant de « sorte de don Juan de roman-feuilleton [...], véritable héros populaire ».

L'*homme du peuple* Duarte apparaît comme le seul capable de neutraliser le duo féminin. On attribue à cette figure mâle moins problématique, à ce garçon au sourire ironique qui pose devant les photographes sans crainte, l'exécution matérielle du crime, ce qui permet aussi bien au juge qu'aux journalistes de réaffirmer une violence prétendument inscrite dans la masculinité. Duarte, un homme jeune et fort, transgresse la loi, mais pas les lois de son sexe, et sa seule présence atténuera la rupture causée par une femme qui, elle, transgresse ces deux injonctions.

Corina Rojas, pour la troisième fois, cherchera à rompre cette alliance. Dans sa défense, elle répète que Rosa Cisternas a contacté Duarte de sa propre initiative et qu'elle n'a rien à voir avec le bandit, mais sa stratégie échoue de manière fracassante. Corina Rojas et Alberto Duarte sont condamnés à la même sentence : la peine capitale. Et même si cela suggère un certain partage de la culpabilité, ils n'obtiendront pas la même remise de peine.

La cour d'appel, anticipant un scénario selon lequel les avocats allaient demander la clémence, décida d'intégrer dans son jugement la note suivante, adressée au pouvoir exécutif :

Corina Rojas et Alberto Duarte, condamnés à la peine de mort [...] le tribunal a délibéré pour statuer sur la possibilité de clémence à leur égard, et le résultat de cette délibération est consigné ici [...], à savoir que, au titre des infractions commises, Corina Rojas ne paraît pas digne de clémence et qu'il serait équitable de commuer la peine de mort infligée à Alberto Duarte en réclusion à perpétuité. Que Dieu vous serve de guide.

La délibération de la cour est terriblement paradoxale. Bien que les condamnant tous deux comme coauteurs du crime, elle décide de les distinguer en vertu d'un critère pour le moins problématique : sont-ils « dignes de clémence » ? Sans offrir aucun argument juridique ou faisant peut-être une allusion voilée à l'impardonnable adultère, la cour laisse Rojas à un pas du peloton d'exécution. Elle suggère de faire de la protagoniste du meurtre de la rue Lord Cochrane la première fusillée du XXe siècle, révélant ce qu'on châtie en réalité chez la meurtrière et ce qu'on ne pardonne jamais : sa double transgression, du droit pénal et de sa condition de femme.

[Journal de l'enquête]

Le jugement, dans une calligraphie d'un autre temps (chaque époque possède sa calligraphie), esquisse la vie d'une femme. Sa mère morte prématurément. Un mariage précoce. Une décennie de tristesse. À l'âge de quatorze ans, Corina Rojas a souffert d'une anémie sévère. À quinze ans, elle a rencontré Díaz Muñoz. À seize ans, elle s'est mariée avec lui. À dix-sept ans, elle a eu son premier enfant et sa première crise de nerfs.

« Elle a éprouvé une sensation d'angoisse, d'oppression, de vertige, et a perdu connaissance », est-il écrit dans la sentence. Quand elle s'est réveillée, elle avait vingt-sept ans, quatre enfants. Alors elle a voulu refermer les yeux.

L'affaire Corina Rojas déborda des pages des journaux, des feuillets des dossiers, des ragots d'une capitale à peine plus grande qu'un village, pour envahir, très vite, le terrain mouvant de la fiction. L'impact de cet assassinat fut tel que les productions artistiques les plus courues de l'époque s'en firent l'écho. La *cueca*, chantée et dansée dans les fêtes populaires, les poésies entonnées à deux guitares, les romans-feuilletons vendus quatre-vingts centimes à tous les coins de rue, la lecture déclamée à voix haute sur la place publique et le cinématographe qui effrayait tant la bourgeoisie, tous voulurent dire un mot sur Corina Rojas. Ce mot, pour certains, fut « amour ». Pour d'autres, « châtiment ». Et pour quelques-uns seulement, « pardon ».

À un moment où le mouvement féministe au Chili marquait sa présence dans la vie publique à travers des réunions, des manifestations et de nouvelles associations, interrogeant le rôle que devaient jouer les femmes à l'intérieur et à l'extérieur du foyer, le genre romantique choisi par certaines de ces productions culturelles eut une fonction disciplinaire. L'objectif : remettre Corina Rojas à sa place. Le moyen : le langage typiquement privé de l'amour qui permettait de banaliser un crime ayant réveillé les fantasmes de sorcières et de mélanges de races interdits.

Copia

Contra

Jorge Sangüesa Frick y otros.

Homicidio

Santiago, catorce de Setiembre de mil novecientos dieciseis.- Vistos
El veinticinco de Enero último, como a las seis y media pasado meridiano llegó a casa de don David Díaz Muñoz, Lord Cochrane Nº 338 don Arturo Gómez y fue recibido por el muchacho Alfredo Díaz V., quien lo introdujo a la antesala al lado del escritorio.- Pronto llegó el señor Díaz y entonces pasaron a tomar once hasta que volvió Corina Rojas esposa de aquel, que andaba en la calle, y los invitó al escritorio mientras les arreglaba una mesita de mimbre debajo del parrón, yéndose después al local arreglado por ella.- Gómez quiso retirarse del escritorio, porque había ido a ver a Díaz sin invitación alguna, pero este le pidió que no lo hiciera por-

« J'ai rêvé de trouver dans mon mariage ce bonheur désiré auquel toutes les femmes aspirent quand elles s'unissent éternellement à un homme. Je n'ai rien trouvé. La déception fut immense. » Ainsi commence une brochure diffusée massivement, que les enfants vendaient dans les rues les plus fréquentées de Santiago en 1916 : « Le crime sensationnel de la rue Cochrane », rédigé par V.D.R. En une, sous les lettres rouges typiques d'une affiche *Wanted*, apparaît Corina Rojas dans un corset serré, les cheveux relevés, le regard mélancolique. D'autres textes suivront, signés par L.J.L. et Aníbal Pinto, qui utilisèrent des photos et citèrent des extraits de journaux pour rendre plus vraisemblables leurs élucubrations, transitant par ailleurs par le même chemin : le vieux livret de l'amour.

Évoquer l'« amour » quand on décrit un meurtre est une stratégie habituelle dans les crimes où un couple est impliqué. L'amour et la jalousie ont servi de justificatifs dans des centaines de féminicides. Il suffit de rappeler un jugement rendu à Ovalle en 2016, qui laissa en liberté un homme reconnu coupable d'avoir tué son épouse avec un sécateur et ayant invoqué l'infaillible recette de la jalousie, de l'amour et du chagrin. Sur le trottoir opposé, c'est-à-dire dans le cas des crimes perpétrés par des femmes, des titres comme « Folle de jalousie », « Nouveau crime passionnel » ou « Victime d'un amour maudit » continuent d'être des lieux communs des faits divers. Tandis que dans le premier cas l'amour sert à exempter l'assassin, dans le second, son rôle est plus symbolique : il permet d'expliquer la femme tueuse. Et c'est précisément ce qui se passa pour le crime de la rue Lord Cochrane.

Les brochures littéraires s'emparèrent des duos criminels formés pendant le procès. Corina Rojas y est décrite comme une femme « à la nature ardente et impulsive », « une âme affamée de plaisirs » et « dominée par les passions ». Et son amour, excessif et maudit, est désigné comme responsable de son comportement criminel. Amoureuse, c'est-à-dire mue par un sentiment *naturel* chez une femme, Corina perd son pouvoir de menace. « Ce n'est plus la femme hautaine et énergique des premiers jours, qui nie, réplique et se défend. Ce n'est plus cet étrange mélange de courage et de passion, avec des nuances troubles de La Quintrala, Lucrèce Borgia, Marguerite de Bourgogne et Elizabeth Ire ; c'est une femme déchue, sur laquelle semblent avoir passé de longues années de vie et de souffrance », décrit avec véhémence une brochure.

Dans ces lignes alternent deux portraits de Corina : une femme rongée par le remords et une autre, manipulatrice et même monstrueuse, qui rappelle Catalina de los Ríos y Lisperger. Les similitudes avec les descriptions réalisées par l'écrivain et historien chilien Benjamín Vicuña Mackenna sont frappantes. Dans les premières pages de son œuvre la plus célèbre, *Los Lisperguer La Quintrala*, il cite exactement les mêmes noms que la brochure de 1916. L'aristocrate, en 1877, était déjà connue comme « la Lucrèce Borgia et la Marguerite de Bourgogne de l'époque coloniale ». Cette comparaison n'est pas fortuite. Si Corina Rojas évoque La Quintrala, et celle-ci, Lucrèce Borgia, et elle-même, Médée, qui fut la première transgressive ? La première insoumise ? La première femme ?

Comme si elles prétendaient ajouter des noms à une liste noire de mauvaises femmes, ces brochures incitent à une représentation polarisée de la féminité toujours pernicieusement en vigueur. María del Pilar Pérez, cette Chilienne qui embaucha un tueur à gages en 2008 pour assassiner son ex-mari, fut surnommée par la presse « la nouvelle Quintrala ». Et la Brésilienne Adriana Cruz, condamnée pour avoir tué son fils en Argentine, « Médée ».

L'idée d'une généalogie féminine maléfique persiste, et les images choisies par la presse pour représenter Corina Rojas rendent compte de cela. Vêtu de noir, avec des gants, le visage voilé, le corps caché de Corina évoque d'autres figures féminines terrifiantes. Sur ces images, reproduites sans cesse dans les journaux, apparaît Corina Rojas, mais aussi, sous son voile, la veuve noire (l'araignée mortelle), la sorcière, et une multitude de *mauvaises* femmes : Lucrèce Borgia, Médée, Médusa La Quintrala.

Cette représentation photographique et narrative cherche à rendre présent ce qui ne l'est pas. Elle réduit la distance temporelle, factuelle et historique entre Corina

Rojas et ses prédécesseuses, et produit un jeu de miroirs complexe entre mythe et réalité. À force de répétitions, la malveillance et la sorcellerie se cristallisent sur Corina Rojas comme l'essence atavique du féminin. Et face à ce profil inquiétant, l'amour entre en scène.

« Une femme qui a tout sacrifié pour son amour, son honneur, ses enfants, son foyer […] cette femme qui est allée, à cause de son amour, jusqu'au parricide », dit une brochure. L'amour a pour rôle de banaliser Corina Rojas : comme toutes les femmes, elle aspirait à l'amour romantique. Corina rêvait de trouver du sens à sa vie dans l'amour. L'héroïne des brochures incarne des sentiments traditionnellement féminins et abandonne, de cette manière, le terrain de la transgression. Une fois transformée, devenue une femme *normale*, une femme amoureuse, même sa description physique change : « Le teint cireux, les yeux baissés et éteints ». Plus rien à voir avec les « yeux injectés de sang », « yeux noirs, intenses », décrits au début du récit. Les brochures littéraires exploitent le langage traditionnel de l'amour, le regard, et les yeux de Corina deviennent le lieu privilégié de sa reddition. Ils sont, comme l'affirme la critique argentine Beatriz Sarlo, le point nodal de la passion (l'amour aveugle) et du châtiment (la justice aveugle). La femme est symboliquement punie pour avoir regardé et son regard, par conséquent, doit changer. À travers ses yeux (miroir de l'âme), le récit se charge de transformer la criminelle en une *autre* femme : qui « pleure sa culpabilité » à présent, et aux oreilles de qui « parvient l'effroyable grincement des verrous ».

[Journal de l'enquête]

Dans un petit cahier, tapé à la machine et cousu avec du fil gris, je lis le rapport médical rédigé sur cette femme. Quatre docteurs l'ont examinée : Orrego Luco, Lea-Plaza, Letelier et Muñoz Labbé. Ils lui ont demandé de s'allonger sur une civière et Corina a obéi. Ils lui ont dit d'ouvrir la bouche et Corina a ouvert la bouche. Le pouce d'Orrego Luco a parcouru les sillons de son palais. Puis deux mains ont approché un mètre. D'abord ils ont mesuré son crâne, ensuite ses bras, de l'épaule jusqu'aux ongles. Ils ont calculé la distance entre ses sourcils et la racine de ses cheveux. Ils ont examiné, attentivement, ses narines et ses dents. Une secrétaire prenait des notes sur une machine à écrire et remplissait ce rapport que j'ai maintenant devant moi : « signes de dégénérescence », « voûte du palais creusée », « adhérence au lobe des oreilles ». Les médecins ont trouvé dans le corps de Corina exactement ce qu'ils cherchaient : le corps du délit.

L'amour ne fut pas le seul outil utilisé par les productions artistiques pour contrer la menace de la femme tueuse. Une autre stratégie, plus pertinente vis-à-vis du procès, serait le châtiment.

Un mois à peine avant que Corina Rojas et Alberto Duarte ne soient condamnés à la peine capitale, le réalisateur italien Salvador Giambastiani finissait de produire ce que beaucoup considèrent comme le premier long-métrage dans l'histoire du cinéma chilien : *La Baraja de la muerte (o el Enigma de la calle del Lord)* (1916). Plus de cent ans après le tournage, la pellicule d'origine a été perdue, mais les recherches menées par le professeur Jorge Iturriaga ont permis de récupérer d'importants éléments à son sujet : il s'agissait d'un film muet, produit par les hommes d'affaires argentins Colombo et Malfatti, avec un scénario du poète colombien Francisco de Alas, interprété par Palmira Fernández de Ubilla et basé sur l'assassinat de David Díaz Muñoz.

En août 1916, sept mois seulement après le crime, la presse annonçait la « sortie grandiose » du « premier film national », décrit comme une œuvre « policière inspirée par un des drames les plus sensationnels qui aient eu lieu chez nous ». Le cinéma aussi voulait profiter des répercussions de l'affaire. Cependant, et malgré de fortes attentes, le film ne put être projeté dans la capitale. Le premier long-métrage chilien serait également le premier film national victime de censure.

Le cinéma était alors beaucoup moins cher et plus populaire que le théâtre. Il arriva au Chili huit mois après la projection du premier film à Paris en 1897 et fut perçu avec méfiance par l'élite de Santiago. Le malaise portait sur l'origine étrangère de la plupart des films à une époque d'exaltation nationaliste, et aussi sur sa prétendue vulgarité. La prolifération de films policiers accentua cette inquiétude et la censure représenta la solution à tous les problèmes.

La municipalité de Santiago fut chargée d'exercer une censure et ses principes moralisateurs tracèrent la route à suivre face aux cas litigieux. La trahison à la patrie, d'aucune façon, ne pouvait être montrée sur grand écran, même si le traître était châtié, alors que les scènes de crime ne posaient pas de problème dans la mesure où le film incluait une sanction pour le transgresseur.

Que se passa-t-il alors avec *La Baraja de la muerte* ? La Corina fictive n'était-elle pas punie à l'écran ? Le châtiment n'était-il pas assez fort ? La municipalité évita de se prononcer sur ce point et déclara que, la fin du procès étant prévue à peine un mois plus tard, la projection du film pouvait influencer le verdict et qu'il était important de garantir l'indépendance de la justice. Un argument discutable, qui ne convainquit pas plus le réalisateur que les producteurs indignés du film. À un moment où le cinéma gravait les premières images de ce qui était et devait être la nation chilienne, où différents événements de l'histoire nationale, comme la guerre du Pacifique, furent utilisés pour légitimer cette forme d'art face à ses détracteurs tenaces, montrer un meurtre commandité par une femme était, simplement, une transgression intolérable. Que disait de la nation et de ses femmes un film comme *La Baraja de la muerte* ? La réponse de la censure fut claire : rien qui doive être dit.

Ce qui est fascinant, c'est que bien avant le tournage de ce film, la réputation douteuse du cinéma faisait déjà partie de la vie de Corina Rojas. En février 1916, tandis que la police enquêtait sur le meurtre, un groupe de médecins évalua la santé mentale de Corina afin de pouvoir se prononcer sur son éventuelle folie. Dans leur rapport, les docteurs font référence, avec un enthousiasme inopiné, à la relation qu'entretenait Corina avec le cinéma : « Elle fréquentait les salles où on projetait des mélodrames mettant en scène des enlèvements, des séductions mystérieuses, et où progressivement se confondent amours et crimes », note un praticien visiblement préoccupé. « Elle se plaisait dans cette atmosphère d'un fantasme sentimental qui perturbe totalement les esprits sans jugement et leur fait croire que tout cela est possible et vraisemblable dans la vie réelle », ajoute un autre. Et ils concluent, avec une assurance inébranlable, que « la fréquentation des cinémas a contribué au minimum à préparer le terrain à l'extraordinaire crédulité dont elle a fait preuve peu à peu dans le développement de son histoire ».

Corina adorait aller au cinéma. Elle aimait l'obscurité de cette grande salle et le reflet de la lumière sur le profil des autres spectateurs. Ces séances solitaires, où elle s'autorisait à rêver d'une autre fin pour elle-même, l'influencèrent de manière irréversible. Aller au cinéma, affirment les médecins, voir des films où l'amour se confond avec le crime, fut le terrain qui rendit possible l'adultère et, partant, le meurtre. Telle une nouvelle Emma Bovary, Corina Rojas tentait également de fuir une réalité étouffante et ennuyeuse. Mais, contrairement au personnage de fiction, Rojas ne lisait pas de romans romantiques. Selon le même rapport, Corina lisait peu. En revanche, elle se rendait au cinéma autant qu'elle le pouvait, chaque fois que sort un nouveau film, pour chercher dans l'éclat de l'écran l'idéal d'amour qui devait donner du sens à sa vie et qu'elle n'avait pas trouvé dans son mariage. C'était pour elle une forme de satisfaction par procuration ou, selon les mots de l'Américaine Janice Radway, d'adaptation à l'insatisfaction.

L'influence du cinéma sur la criminelle serait déterminante dans le rapport médical et inspirerait, par ailleurs, un autre écho artistique de l'affaire. Presque quarante ans après l'assassinat, l'écrivain chilien Carlos Droguett publia *Sesenta muertos en la escalera* (1953), un livre entre le roman et le récit qui reprend, comme une digression singulière, le cas de Corina Rojas.

Bien que le texte se consacre au massacre d'un groupe de jeunes du Mouvement national-socialiste du Chili en 1938, Droguett intègre une longue parenthèse dans laquelle un policier se souvient du meurtre de la rue Lord Cochrane et de sa belle anti-héroïne. Le cœur est au centre de cet épisode, truffé d'allusions typiques au langage de l'amour : « Et dans la ville, dans une petite maison paisible de la rue Lord Cochrane, il y aurait aussi un mort, un mort spécial, un mort pour le cœur de Corina », écrit Carlos Droguett. Dans cette parenthèse, le style n'est pas très loin du ton mélodramatique des brochures du début du siècle. Corina est décrite comme une femme « brûlante », « avec de grands yeux pensifs », « faible, sentimentale et sensuelle », et le cœur bat au centre de l'épisode : « blessée dans son cœur », « des cœurs manifestement primitifs et sentimentaux comme celui de Corina », « un ange tragique volait vers le cœur de Corina ». Mais Droguett inclut un élément littéraire dans la reconstruction du crime. Sa Corina Rojas ne va plus au cinéma, comme le faisait la vraie Corina Rojas, elle lit de manière compulsive. Et, comme Emma Bovary, elle ne lit pas n'importe quoi. Matin, midi et soir, elle plonge dans la lecture de romans-feuilletons romantiques, ceux-là mêmes qui s'inspireraient d'elle après l'assassinat mémorable. Carlos Droguett, de la même façon que les médecins qui l'examinèrent pendant le procès, suggère une complicité de Corina avec son propre destin tragique. Il sous-entend, avec ironie, que l'autrice du crime fut influencée par la lecture de ces feuilletons qui présentaient une idée risible de l'amour. L'innocente Corina crut qu'elle vivrait un jour une vraie romance. Et, dans les échos culturels qu'elle inspira, ce fut le cas.

Le pouvoir des productions artistiques et littéraires fut au cœur de cette affaire. De la même façon que le livre de Carlos Droguett insinua que la lecture de feuilletons avait influencé le crime raconté dans son livre, et que les docteurs, pendant le procès, affirmèrent qu'aller au cinéma détermina la conduite homicide de Corina, la censure soutint que le film *La Baraja de la muerte*, interprété par une Corina Rojas de fiction, aurait pu donner des idées à de futures Corina Rojas. La censure prit alors un autre caractère. Si on était à moins d'un mois du verdict qui condamnerait la *vraie* Rojas à mourir fusillée, quel aurait pu être le châtiment de la *fausse* Rojas du film ? La question, comme l'illustre un célèbre procès du passé, n'est pas du tout anodine.

Le formidable pouvoir de la fiction fut au centre du débat en 1857, quand le procureur impérial Ernest Pinard accusa l'écrivain Gustave Flaubert, et en particulier son roman *Madame Bovary*, d'être un affront à la décence et à la morale religieuse. Ce qui fut débattu au cours du procès, ce ne fut pas seulement l'adultère du personnage principal, Emma Bovary, mais aussi son suicide. Pour l'avocat de Flaubert, Senard, le suicide de Mme Bovary était l'expiation de sa transgression sexuelle. Pour d'autres, au contraire, sa mort reflétait une moralité impunie encouragée par l'auteur. Et il y eut aussi ceux qui exprimèrent leur soulagement devant ce dénouement : dans le cas contraire, fit remarquer Barbey d'Aurevilly, Emma

Bovary aurait empoisonné son époux. Corina Rojas représente précisément ce cas contraire. C'est la femme adultère qui a l'audace de ne pas se suicider et incarne, par ailleurs, le pire cauchemar de Barbey d'Aurevilly : que les femmes malheureuses dans leur foyer finissent par tuer leurs maris.

Même s'il n'est pas possible de savoir avec certitude si *La Baraja de la muerte* comprenait un châtiment exemplaire, la censure opéra de manière extrêmement efficace, condamnant aussi bien Corina Rojas que le premier long-métrage de l'histoire du Chili à un long oubli éloquent.

[Journal de l'enquête]

D'après les déclarations de ses collègues, un peu avant le crime, Díaz Muñoz exprime une crainte : que son épouse devienne folle. Après une fausse couche, elle ne s'occupe plus de ses enfants avec la même attention, néglige également ses tâches domestiques et s'enferme dans un mutisme douloureux, un mal-être permanent. Pour se changer les idées, elle décide de prendre des cours de piano. Et seul le piano éveille en elle une vague aspiration. Corina Rojas aspire. Aspire. Aspire. Les quatre médecins prennent son pouls. Inspirez encore, ordonnent-ils. Mais elle leur parle sans arrêt de son mariage. « Je sentais toute la cruauté de la déception, de la solitude morale, de l'abandon, dit Corina. J'en suis même venue à songer au suicide. » Eux, sur la feuille que j'ai à présent dans mes mains, avec leur langage médical accablant, notent : « volubilité excessive », « niveau moral peu élevé », « caractère sentimental et vaniteux ». Diagnostic : « hystérie nerveuse ».

Banaliser Corina Rojas à tout prix et le plus vite possible. Son amour, à travers les romans-feuilletons du début du siècle. Son châtiment, au moyen d'un film. Mais il y eut une troisième voie : le pardon.

Corina Rojas fut condamnée à mort par chacune des instances judiciaires : le tribunal pénal, la cour d'appel et la Cour suprême. Sur le court chemin entre la prison et le peloton d'exécution, il ne restait plus qu'une alternative : la grâce.

À ce sujet, point culminant de la procédure pénale, eut lieu un des épisodes les plus extraordinaires de cette histoire, et qui a comme protagonistes les femmes du Chili. Des femmes qui, dans les années 1920, constituaient des organisations et des associations pas nécessairement suffragistes ou féministes, mais qui établirent en revanche les fondations d'un processus d'émancipation. En 1913, furent inaugurés les centres Belén de Sárraga, ouvriers, libres-penseurs et anticléricaux ; en 1915, le Cercle de lecture pour dames, avec une priorité donnée à l'éducation et à la culture ; suivi du Club de lectrices en 1916, qui parraina plusieurs tentatives suffragistes. Il s'agit d'une période charnière pour les femmes, qui aurait une influence directe sur le destin de Corina Rojas.

L'assassinat de la rue Lord Cochrane causa de l'inquiétude parmi nombre de ces groupes, qui virent dans la très grave sanction décidée à l'encontre de l'accusée une forme collective de châtiment qui devait être évitée, quel qu'en fût le prix symbolique ou politique. La Société de secours mutuels des ouvrières de Valvidia fut la première à envoyer une lettre au Conseil d'État pour tenter d'annuler la condamnation :

La Société de secours mutuels des ouvrières de Valvidia n'a pas pu demeurer indifférente face au malheur commun qui afflige la femme chilienne. Nous faisons référence, monsieur le Président, au dénouement fatal du procès de la rue Lord Cochrane, condamnant une femme à la peine capitale, ce qui nous place dans le devoir de faire appel à la magnanimité du Conseil d'État pour qu'il accorde, comme un hommage à la femme, la grâce à la détenue Corina Rojas.

La stratégie de l'organisation est double. En premier lieu, utiliser l'identité sexuelle de l'accusée en sa faveur : il n'était pas possible de fusiller une femme. Ensuite, lier sa condamnation à un châtiment collectif des Chiliennes. Soudain, Rojas n'est plus décrite par la presse comme une « hyène aux instincts amoraux », une femme antinaturelle, manipulatrice et maléfique, mais devient l'incarnation du collectif féminin, générant une filiation inattendue où les femmes choisissent de prendre de la distance avec le rôle punitif de la société pour établir entre elles et Corina Rojas une puissante communauté.

La société de dames Le Triomphe illustré suit cette stratégie :

Nous, les femmes du Chili, n'avons rien fait pour qu'on nous punisse avec une telle ignominie à travers la personne de Corina Rojas. C'est pourquoi, en tant qu'épouses et mères, nous implorons en un cri désespéré, messieurs les Conseillers d'État, d'accepter notre demande si justifiée.

L'alliance entre la tueuse et les femmes du Chili apparaît de nouveau dans ce message, mais ces dernières insistent habilement (ou peut-être pas) sur leur rôle traditionnel de mères et d'épouses pour en appeler à la piété des conseillers masculins. Dans cette fonction seulement, semble formuler l'organisation, les femmes chiliennes pourraient être dignes d'indulgence.

Les sociétés ouvrières de dames de Valparaiso vont un peu plus loin, brandissant la perspective des futurs orphelins pour tenter d'empêcher l'exécution :

Dans le cas présent, il y a des victimes innocentes à qui cette société fera expier plus tard un crime qu'elles n'ont pas commis. Nous parlons des malheureux enfants de la condamnée et c'est pour eux que nous osons présenter devant vous, monsieur le Président, notre humble prière.

La manœuvre, à présent, consiste à effacer totalement Corina Rojas. La lettre, avec une acuité notable, ne suggère pas de pardonner à la meurtrière, mais de disculper une mère dans le seul objectif qu'elle puisse jouer à nouveau son rôle : s'occuper de ses enfants.

Pendant ce temps, Corina Rojas attendait son exécution en prison. Et depuis sa cellule pour femmes, après plusieurs années de détention et à deux pas du peloton d'exécution, elle envoie la lettre suivante, par l'entremise de son avocat, au président de la République :

Monsieur le Président,

Je ne viens pas implorer ma défense conformément aux principes de droit. Non, monsieur le Président, je viens demander au cœur et aux sentiments de Votre Excellence une grâce, un pardon pour une femme malheureuse qui se consume dans le plus affreux des tourments humains. [...] Si Votre Excellence n'a pas pitié de moi, dans quelques jours je serai fusillée et, de cette façon, je ferai retomber sur mes enfants innocents, en plus de la honte, de l'opprobre qui les accablent déjà, le châtiment et la douleur horrible que peut connaître un être humain en voyant sa mère mourir sur l'échafaud. Ce n'est pas pour moi, monsieur le Président, que j'implore cette grâce. C'est pour mes enfants, pour mes quatre petits qui seront orphelins et plongés dans le malheur d'avoir perdu leur père assassiné et leur mère coupable fusillée. [...] Vous êtes père aussi ; vous savez ce qu'est l'amour filial ; vous pouvez comprendre l'horreur de ma situation et celle de mes infortunés enfants. J'en appelle à la bonté de votre cœur pour sauver la vie d'une pauvre femme qui n'attend plus rien, sinon un pardon, une miséricorde.

La plaidoirie désespérée de Corina Rojas s'adresse au cœur, aux sentiments, pour mettre en avant le seul trait de sa personnalité qui pouvait la sauver : son statut de mère. Ce n'est pas pour moi, dit-elle, omettant et dissimulant sa transgression derrière l'ombre de ses enfants. Son identité de femme ne suffit plus pour justifier la clémence, il est nécessaire de recourir au cœur pour que Rojas elle-même devienne compréhensible et offre dans sa supplique exactement ce que la société exigeait d'elle, son retour au statut le plus emblématique de la féminité traditionnelle, et le seul qui pouvait la sauver : celui de mère.

Entre ces lettres et télégrammes, les productions artistiques eurent également une incidence importante. *La Voz del pueblo*, feuille volante lue publiquement, la forme d'expression culturelle la plus populaire de l'époque, publia une lettre imaginaire de Corina Rojas à sa fille Olga, déclamée à grands cris dans les rues à un public en grande partie analphabète. Une lettre de femme à femme, de mère à fille, dans laquelle Corina indique à sa fille le chemin à suivre :

Petite Olga écoute bien
Ce que je vais te dire
Je vais bientôt mourir
Maudite par la foule
On ne me fusillera pas en public
Parce que je suis une femme
Et toi Olga tu dois être
Une femme exemplaire
Le monde peut-être
Oubliera cette femme
Si tu finis par te marier
Obéis à ton mari

Et si tu le vois affligé
Vivant des moments difficiles
Incline-toi devant l'autel
Et implore la grâce divine
Afin qu'ainsi sans rancune
Dieu t'accorde le bonheur
Et demande dans ma sépulture
Pardon pour Corina !

Dans cette lettre imaginaire, tour à tour drôle et désespérée, Corina reste définie et bridée par sa maternité, une mère qui profite de son dernier instant sur terre pour demander pardon, supplier d'être rapidement oubliée et tenter de modifier son destin et celui de sa lignée : les autres femmes-filles, héritières de la puissance criminelle.

Il reste uniquement un écho culturel inspiré par cet assassinat et qui circulera aussi les jours précédant l'exécution : la *cueca La Corina Rojas*. Enregistrée d'innombrables fois depuis sa composition et devenue une des *cuecas* les plus populaires du registre folklorique national, cette chanson rappelle le crime de Rojas, et rend également compte de la tension entre le pardon, le châtiment et les sentiments que déclencha dans la société une affaire aussi retentissante et exceptionnelle.

J'ai de la peine
J'ai de la colère
J'ai envie de pleurer
Parce qu'ils voulaient

Fusiller Corina Rojas
Ils disent que Corina
Qui est une dame
A tué son mari
Allongé sur son lit
Allongé sur son lit, oui
Mais ce n'est pas possible
Qu'on fusille au Chili
Une femme

L'identité sexuelle de Rojas devient une fois encore le point central : on doit lui pardonner *parce que* c'est une femme, disent les paroles de la chanson. Dans une démarche commune, presque coordonnée, les organisations de femmes, Corina elle-même et diverses productions artistiques soulignent sa féminité et sa maternité pour éviter le châtiment. Et ce seraient précisément ces statuts, de femme et de mère (l'amant encombrant disparaît, évidemment), qui permettraient de séparer Corina Rojas de ses alliés criminels et de lui sauver la vie.

Le Conseil d'État accepta la demande de grâce. Et son message pour la société, contenu dans le geste symbolique du pardon, fut rassurant : si elle pouvait être pardonnée, si la clémence était une voie pour être femme et mère, cela signifiait qu'en réalité Corina Rojas ne devait pas être une menace si sérieuse. Une vraie meurtrière, une femme réellement dangereuse, ne pourrait jamais être digne d'indulgence. De cette manière, le pardon finalisait les stratégies pour banaliser la femme-tueuse. D'abord, l'amour pour réparer une féminité fendillée par la violence. Ensuite, la censure pour effacer l'assassinat. Enfin, le pardon, pour apaiser toutes les craintes encore latentes.

Corina Rojas fut graciée, puis libérée de la prison pour femmes où elle était enfermée. « Elle rentre chez elle où l'attendent ses enfants », informa *El Diario ilustrado* en 1922, tandis que *El Mercurio* narra sa libération dans les termes suivants : « Corina Rojas a dû souffrir, en plus des peines propres à la détention, la douleur d'une mère qui voit la vie de ses enfants détruite. Les six années de prison ont laissé sur la malheureuse condamnée d'horribles marques qui ont jeté la jeune femme vers une vieillesse prématurée pleine de silencieuses tragédies. »

Corina Rojas n'est plus la femme volubile, ni la jeune femme belle et passionnée que décrivaient les journaux en 1916. Reprenant les stratégies utilisées par les productions artistiques, la presse décrit à présent quelqu'un qui ne représente plus aucune menace. La jeune femme, incarcérée, séductrice et violente, a laissé place à une femme, libérée en 1922, prématurément vieillie et silencieuse. C'est de cette manière seulement qu'une tueuse peut sortir de prison : en retournant à sa place.

Mais il existe une fuite possible, et on peut presque toujours donner une nouvelle signification à une production artistique. *La Corina Rojas* s'est transformée, dans des versions récentes, en *cueca chora* (urbaine) ou *brava* (à Buenos Aires), entonnée par des groupes de femmes. La *chora*, c'est-à-dire l'audace et la détermination, n'est plus uniquement la chanson mais Corina elle-même, et les chanteuses qui entonnent la mélodie dans ces nouvelles interprétations. Les vers sont identiques à ceux de 1916 : « J'ai de la peine », « J'ai de la colère », chantent-elles, mais dans leurs bouches et dans leurs corps ces mots prennent un autre sens. Les interprètes, avec leurs accordéons et leurs guitares, sont à présent sous le soleil, au milieu d'une place bondée, sur un mirador à Valparaiso, dans un coin très fréquenté de Santiago, et ces nouvelles scènes font rejaillir leurs paroles d'une façon impensable auparavant. Avec chaque vers et chaque accord, ces femmes amplifient un paysage affectif qui s'étend désormais au-delà du cœur, au-delà de l'amour qui s'empara de Corina Rojas plus de cent ans auparavant. Chantée par des groupes de femmes qui invoquent et font revivre la protagoniste, la nouvelle Corina Rojas réapparaît, spectrale, et d'autres émotions surgissent avec elle : une *peine* et une *colère* qui, comme dit la philosophe Marilyn Frye, ont le pouvoir de changer notre place dans le monde.

CABEZA DEL MUTI

AL DE LAS HORNILLAS, TEA
DEL TETRICO HALLAZGO

LAS TRES DE LA TARDE SE EFEC-
TUA LA RECONSTITUCION DEL
CRIMEN, ANTE EL JUEZ AGUI-
RRE.

LA VERDADERA PISTA QUE DIO CON
LA CLAVE DEL MISTERIO

ESTAMOS EN PRESENCIA DEL VER-
DADERO CULPABLE?

NUEVOS DETALLES QUE DA A SUS
LECTORES 'EL DIARIO
ILUSTRADO'

« Sous l'empire de la colère »

ROSA FAÚNDEZ

Santiago, hiver 1923. Ismael Gatica commence sa tournée quotidienne de nettoyage des canaux d'irrigation de la capitale, qu'on appelle alors *cajitas de agua*, lorsqu'il remarque un étrange objet sur la rive du Mapocho. L'employé s'approche du mystérieux paquet, s'accroupit et déchire le papier journal qui l'enveloppe. Horrifié, il court prévenir la police : il a trouvé la jambe d'un homme. Et cette découverte sera le point de départ d'une des plus célèbres énigmes de la criminologie chilienne.

Après l'examen de l'incision pratiquée entre le torse et le fémur, les enquêteurs songent d'abord aux chirurgiens d'un hôpital près du Mapocho. Cependant, aucune amputation n'a été pratiquée récemment entre leurs murs et les médecins rappellent, visiblement contrariés, qu'il n'est pas dans leurs habitudes de jeter des restes humains dans le fleuve. Le lendemain, une deuxième découverte écarte définitivement cette piste. Dans la rue Germán Riesco apparaît, à l'intérieur d'un sac de café, le buste d'un cadavre de sexe masculin enveloppé dans une toile cirée jaune. On trouve aussi une longue mèche de cheveux bruns, une corde en chanvre nouée et quelques pages tachées de sang du journal *Las Últimas Noticias*, datées du 4 juin 1923.

« Le crime le plus horrible des annales policières de ces derniers temps », titrera ce même journal, et les autres ne tarderont pas à publier les premiers éléments : la victime était un homme en bonne santé, entre trente-cinq et quarante ans, soixante-dix à soixante-quinze kilos, un mètre soixante-quinze, déclare *El Mercurio*, tandis que *Clarín* spécule sur son état de santé au moment de mourir.

Rafael Toro Amor, chirurgien et jurisconsulte familier des tribunaux, est désigné pour réaliser l'autopsie du torse du cadavre. Et, à sa grande surprise, il tombe sur une série d'ingrédients, vin rouge, *chicha*[1] et des restes de *causeo*[2], qui vont laisser le champ libre à toutes les élucubrations. Reprenant ces détails, la presse émet des hypothèses sur l'identité du corps et, au passage, sa classe sociale. « La peau blanche et propre, les bras minces, non musclés, semblent révéler une personne respectable, qui ne se consacre pas à des travaux pénibles », suppose *El Diario ilustrado*. « Il s'agit de quelqu'un de soigné, attentif à l'hygiène, ce qu'on ne croise pas fréquemment dans le bas peuple », ajoute *Las Últimas Noticias*, même si, quelques

1. Boisson alcoolisée traditionnelle du centre du Chili, obtenue par la fermentation de raisins.

2. Plat traditionnel chilien, sorte de salade légère composée de tomates, d'oignons, de viande froide ou de poisson.

paragraphes plus loin, on suggère que cela pourrait aussi être « un voyou des bas quartiers ».

L'autre grand mystère, c'est l'identité des meurtriers. La brutalité du démembrement est telle que la police soupçonne la participation de deux ou trois hommes, peut-être une bande organisée. Mais la découverte de la longue mèche brune suscite des doutes et les médias divulguent une inquiétante possibilité : « Et si ce crime sauvage était la conséquence d'un drame passionnel qui aurait eu lieu dans l'intimité d'un foyer ? »

Espérant que l'identification du cadavre permette de comprendre le déroulement du crime, la police lance un appel inédit aux cinq cent mille habitants qui vivent alors dans la capitale. Au moyen d'affiches et d'annonces dans les journaux, elle demande au peuple de Santiago d'informer les autorités sur toute absence étrange survenue au cours des derniers jours. « Le corps est forcément celui d'un disparu », affirme un policier aux médias ; une phrase qui aura des connotations très différentes dans le Chili de la seconde moitié du XXe siècle et qui tissera des liens inattendus entre cette affaire et les disparus de la dictature d'Augusto Pinochet.

Après l'appel au public, des dizaines de personnes affluent à la morgue de Santiago, tremblant de reconnaître un être cher. Le défilé est interminable : hommes et femmes, personnes âgées, enfants font la queue pour examiner les restes du mystérieux cadavre. On publie dans les journaux les noms de possibles victimes, mais ils ne coïncident pas avec le corps. La tragédie semble sans fin. La revue *Corre-Vuela* décrit dans un poème la scène de la morgue qui, curieusement, contient une part de vérité :

Les cheveux dressés sur la tête
tout le monde horrifié
se posa cette question :
qui peut bien être l'homme démembré ?
Alors paniquées
le visage éprouvé
les épouses accoururent
pour chercher leurs maris.

Grâce à la couverture médiatique et à l'ouverture de l'affaire à un public aussi avide qu'épouvanté, une piste-clé finit par se dessiner. Un vendeur de journaux à la criée se présente au second commissariat de Santiago et signale à l'enquêteur en chef, Salvador Orellana, la disparition d'un de ses collègues. Il s'agit d'Efraín Santander, quarante-sept ans, connu dans la corporation sous le surnom « l'Aigle ».

La présence de journaux enveloppant les membres du cadavre prend une nouvelle signification et Salvador Orellana pressent qu'il est tout près de résoudre l'énigme. Il cherche dans les archives de la police le dossier de Santander et le découvre, à son grand étonnement, parmi les accusés de coups et blessures. Là, entre des descriptions de crânes et de mâchoires, d'oreilles et de couleurs de peau, il constate que les traits physiques de Santander correspondent parfaitement aux caractéristiques du corps démembré et tombe, enfin, sur une adresse : 353, rue Santa Rosa, maison n° 12. Un ensemble d'habitats situés dans un des quartiers les plus pauvres de Santiago.

Rosa Faúndez, trente-deux ans, épouse d'Efraín Santander et également vendeuse de journaux à la criée, reçoit les policiers sur le seuil de sa petite maison. La femme ne montre aucun signe d'inquiétude pour la disparition de son mari et suggère aux enquêteurs de le chercher sur les plages de Valparaiso ou dans un bar miteux. Mais Salvador Orellana ne s'avoue pas vaincu. Il insiste pour entrer dans la maison et, en compagnie de l'agent Amador Lizama, pénètre à l'intérieur de la pièce principale. Des photographies et des cartes postales sont accrochées aux murs ; sous le lit, on observe un pot de chambre vide. Mais rien, absolument rien, ne semble incongru. Sauf, peut-être, la table bizarre qui est située au milieu de la pièce et qu'Orellana mesure approximativement avec la paume de ses mains. Et aussi la peau irritée à la racine des cheveux de Faúndez où peut-être, seulement peut-être, une mèche aurait pu avoir été arrachée au cours d'une dispute. Pendant ce temps, la femme fait les cent pas en frottant nerveusement ses mains contre sa jupe. Après deux heures de perquisition, les enquêteurs ne parviennent pas à réunir assez de preuves pour procéder à son arrestation et s'en vont.

L'après-midi même, ils retournent rue Santa Rosa, apportant cette fois un élément fondamental : la toile cirée qui enveloppait le tronc du cadavre. Dans une scène typique de Sherlock Holmes, qui sera racontée encore et encore par les journaux et les revues, les policiers étendent la toile cirée sur la table. Stupéfaits, ils constatent que les marques et pliures de la nappe coïncident en tout point avec les contours du meuble. Par ailleurs, ils trouvent des taches de sang sec sur le battant de la porte, deux mouchoirs pleins de sang sous un coffre et un couteau aiguisé dans un tiroir. Enfin, ils découvrent plusieurs bouts de chanvre identiques à la corde qui attachait la jambe du cadavre, et une espadrille, qu'ils décident d'emporter à la morgue afin de l'essayer au pied du défunt démembré, dans une scène digne d'un *Cendrillon* macabre.

Perturbée, ignorant si elle doit regarder la table accusatrice, la toile cirée, les taches de sang ou ses propres mains, Rosa Faúndez nie catégoriquement avoir la moindre information sur le crime. Elle est quand même arrêtée et conduite à la morgue pour identifier le cadavre. Alors seulement, à la porte de la salle où est exposé le corps du délit, Faúndez craque : « Je préfère mourir plutôt que subir cela. Je suis prête à dire la vérité. » Et la vérité va être un choc dans la presse chilienne de 1923 : le fameux crime des canaux d'irrigation a été commis par une femme.

[Journal de la marge]

Rosa Faúndez est la plus frontale, la plus provocante des tueuses. Pour cette raison sans doute, je n'ai pas trouvé de traces de sa voix ni de lettres implorant la clémence en sa faveur. Personne, jamais, n'a voulu prendre sa défense, et le jugement dit peu de chose, presque rien, sur elle. Je n'ai que les images sépia que j'ai récupérées dans les journaux : elle, sa petite maison, le lit du fleuve qu'elle a traversé tant de fois. Une image surtout m'obsède, où on la voit en pied sur fond noir, les chaussures brillantes, la jupe large et épaisse. Elle ne sait pas poser, Rosa. Ça aussi, ça s'apprend. Je l'imagine, mal à l'aise devant une caméra qu'elle n'a jamais vue, sans savoir où regarder, où poser les mains, les yeux. Un policier lui crie de respirer profondément. D'arrêter de bouger. Mais Rosa ne peut plus contrôler son corps. « À cause des tremblements, explique un journal, ils n'ont pas réussi à prendre une bonne photographie. » Sur celle-ci, Rosa Faúndez tend la main et ferme les yeux face au flash.

Malgré les aveux détaillés de Rosa Faúndez Cavieres, personne ne la crut. Le délit était, réellement, incroyable. Les femmes devaient être de bonnes mères et des épouses exemplaires, elles devaient cuisiner et avoir six ou sept enfants. Il était hors de question qu'elles démembrent leur mari. Il y avait sûrement des complices, des bandes mafieuses dangereuses, des secrets ténébreux, spécula la presse. Il devait obligatoirement y avoir des hommes impliqués dans l'affaire pour expliquer l'inexplicable.

Interrogée sur ses complices, Rosa Faúndez secoua la tête d'un côté à l'autre et prononça un petit mot : « seule ». Il fallut qu'elle le répète des dizaines de fois devant les policiers incrédules. « Les caractéristiques du meurtre et le professionnalisme avec lequel a été réalisée la mutilation ne permettent pas de conclure, de manière raisonnable, que les faits aient pu être commis par une seule personne, encore moins par une femme », affirme avec conviction un journaliste. Était-il possible qu'une femme, et plus encore une femme seule, ait assassiné, puis démembré Efraín Santander ?

Le docteur Rafael Toro Amor, chargé des autopsies successives du cadavre, écarta formellement cette éventualité. Impossible. Absurde. Inimaginable. Une femme ne pouvait avoir ni la force, ni le courage de sectionner une colonne vertébrale en deux parties. Par ailleurs, ajouta-t-il, à la stupeur du public, la cause de la mort avait été l'étranglement. Le cou de la victime présentait des marques significatives de l'usage d'une corde et cette découverte l'amenait à la conclusion qu'au moins deux personnes avaient participé au crime. Des hommes, assura-t-il avec véhémence. Et il estima que le sujet était clos.

L'enquête obligea Faúndez à révéler plus de détails encore sur l'homicide. Et son histoire, recueillie par la presse, croquée par les dessinateurs et criée par ses collègues vendeurs de journaux, ne laisserait personne indifférent.

La nuit du 3 au 4 juin 1923, après avoir passé cette soirée dominicale à boire dans la modeste maison où ils cohabitaient avec trois adultes et deux enfants, Rosa Faúndez et Efraín Santander eurent une violente altercation. La raison : trente pesos qui avaient disparu du portefeuille de Rosa et la découverte d'une lettre envoyée par une autre femme, María Vargas, de Valparaíso, qui s'adressait amoureusement à Efraín et lui demandait en urgence une somme d'argent : le montant exact qui s'était volatilisé du portefeuille de Faúndez.

En quelques minutes, la dispute dégénéra et ils en vinrent aux mains. Santander gifla Faúndez et l'attrapa brutalement par les cheveux. Mais Rosa, enhardie par l'alcool et furieuse d'avoir perdu le salaire d'une semaine, saisit une des cordes qu'elle utilisait pour attacher les piles de journaux et se jeta sur le corps de son époux. Elle enroula la corde autour de son cou et tira sur les deux extrémités jusqu'à l'épuisement de ses forces. Elle la relâcha uniquement quand elle sentit son mari s'effondrer sur le lit.

Efraín Santander gisait mort à côté d'elle et Rosa Faúndez n'en croyait simplement pas ses yeux. Alors, pour ne pas le voir, parce qu'elle ne supportait pas de se voir elle-même reflétée dans ce regard si vide, elle couvrit le visage de son mari avec un mouchoir blanc. À l'aube, alors que le soleil pointait et que ses colocataires allaient se réveiller, elle traîna le cadavre sur le sol et le cacha à l'intérieur d'un grand coffre.

Le lundi passa sans aucun changement : Faúndez ne savait pas quoi faire. Le mardi, quand une odeur sinistre commença à envahir la pièce, elle fut forcée de prendre des mesures. Elle devait se débarrasser du corps d'une manière ou d'une autre. Alors elle eut une idée. Elle découperait le cadavre de son époux en petits morceaux, qu'elle pourrait elle-même transporter sans éveiller de soupçons, et les cacherait, les uns après les autres, à différents endroits de la ville.

Ce matin-là, elle n'alla pas travailler. Elle informa ses colocataires qu'elle ne se sentait pas bien et attendit d'être seule dans la maison. Elle but plusieurs gorgées de liqueur, respira profondément et, munie d'un couteau très aiguisé, entreprit de couper la tête et les jambes de son mari. Rosa Faúndez accomplit cette tâche sans dire un mot. Elle se servit des journaux qu'elle n'avait pas vendus le week-end, des cordes qu'il y avait autour des exemplaires et de la fameuse toile cirée jaune. Une fois seulement qu'elle estima avoir terminé, elle lava ses mains couvertes de sang, sortit dans la rue respirer de l'air frais et héla une calèche qui passait à ce moment-là dans l'avenue.

Feignant de porter un balluchon de linge propre, Faúndez déposa le premier morceau dans un coin peu fréquenté de la ville. Il s'agissait du buste du cadavre qui, quelques jours plus tard, finirait par la démasquer. Elle paya le conducteur de la calèche et continua son chemin à pied, suivant le lit sinueux du Mapocho. Là, sur la rive, elle jeta les autres paquets macabres. Le 11 juin, la tête de son mari serait trouvée dans le canal de Las Hornillas et, l'après-midi même, une jambe apparaîtrait près de la rue Seminario. Le 18 juin, on trouverait la main droite dans le canal Vivaceta et, finalement, le 16 août 1923, on reconstituerait le corps après la découverte, dans le même canal, de la main gauche d'Efraín Santander.

[Journal de la marge]

J'examine attentivement le premier titre sur le meurtre. Une information choquante en lettres rouges. Une image qui n'exige pas d'explication. Je cherche, dans ces journaux poussiéreux, une piste sur elle. Qui était Rosa Faúndez ? Comment était-elle après le crime ? Je sais qu'elle n'alla pas travailler pendant deux jours, mais elle y retourna le troisième. Elle se leva avant l'aube, enfila sa grosse jupe, sa veste, et marcha nerveusement jusqu'à l'imprimerie. C'était une des rares employées qui savaient lire, et les autres vendeurs l'interrogèrent sur le titre du jour. Qu'est-ce qui est écrit ? demandèrent-ils. Quels mots exactement ? Seulement ainsi, ils pourraient les crier à pleins poumons à tous les coins de rue. C'était : « Horrible crime à Santiago ! » Mais Rosa, ce matin-là, est incapable de répondre. Elle refuse de regarder ce journal que j'ai à présent devant moi. « Je n'ai jamais lu une ligne sur le crime que j'avais commis », avouerait-elle quelque temps plus tard. Comme si cela aggravait son délit. Comme si l'écriture, d'une certaine façon, cristallisait la réalité. Ou comme si elle craignait de rencontrer là, sur le papier, une femme qu'elle ne connaissait pas.

Il fallut publier une centaine de reportages, des dizaines de photographies et d'innombrables éditoriaux pour que le public de Santiago sorte de son état de sidération et accepte l'effroyable vérité. Il s'agissait bien, au-delà de tout doute raisonnable, d'une femme homicide.

Tout fut expliqué pendant le procès. Interrogée sur les raisons pour lesquelles cette nuit-là personne ne les entendit se disputer, Faúndez fut catégorique et ses colocataires confirmèrent sa version : ils étaient tous ivres. Et face aux doutes sur la capacité d'une femme à soulever, sans aucune aide, le cadavre d'un homme adulte, l'accusée répondit par un exemple. Sous le regard stupéfait des policiers, Rosa s'approcha du plus robuste des agents, le prit dans ses bras et le porta jusque dans un coffre. « Une femme a-t-elle pu démembrer toute seule le cadavre ? » se demanda alors *El Mercurio*. « Cette femme, dans le milieu où elle exerce ses activités, possède des traits virils caractérisés », conclut le même article.

La féminité de l'accusée, ou plutôt son absence de féminité, serait centrale tout au long du procès. L'extrême violence du meurtre, commis sans complices, et le fait qu'il ait eu lieu dans la sphère paisible (et féminine) du foyer familial, confronta le pays à une inquiétante possibilité : une femme capable de tuer son mari de ses propres mains. Le procureur s'opposa catégoriquement à un scénario si catastrophique. « Il est quasiment impossible, déclara-t-il, qu'une seule personne, surtout une femme, ait pu demeurer silencieuse, impassible, inébranlable, sans montrer la moindre émotion, le moindre remords, devant l'ampleur et la cruauté de l'acte. »

À partir de cette théorie fumeuse, le procureur esquisse un profil qui prétend détourner l'attention de la couleur rouge sang de l'affaire. En effet, sa brève

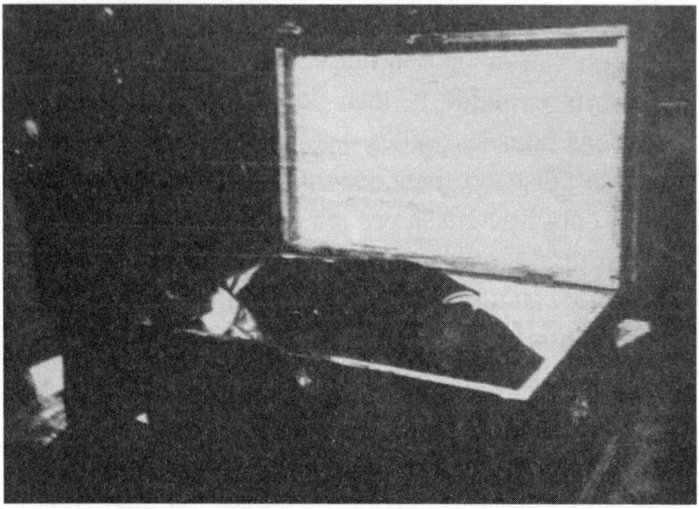

description ne rappelle plus aux lecteurs l'assassinat ni la mutilation, elle ne se focalise plus sur le comportement criminel de Faúndez, n'évoque même plus la dissimulation du cadavre, mais décrit l'attitude de la meurtrière *après* son forfait : son silence, sa maîtrise, son absence d'émotions. « À aucun moment elle n'a manifesté de chagrin », ajoute un quotidien ; « un calme qui épouvante », conclut un autre.

Les médias et le procureur se rejoignirent pour affirmer qu'une femme sans émotions n'était pas une femme *normale*. Et pour étayer cette idée, ils énoncèrent d'autres caractéristiques suspectes de la criminelle : à trente-deux ans, Rosa Faúndez n'avait pas d'enfants et était vendeuse de journaux à la criée. « Rosa Faúndez travaille comme un homme », indiqua *El Mercurio* sur un ton plus accusatoire que descriptif. À cet outrage au sexe féminin, à cette intromission dans le monde professionnel et masculin, s'ajoutèrent des transgressions encore pires : violente, robuste, non-mère et, cerise sur le gâteau, sans une once de sentiments. Le même article raconta que les policiers, « pour éviter les commentaires des voisins lors de son arrestation, l'exfiltrèrent déguisée en homme, avec les vêtements de Santander ». Et cette tenue, en plus de son mode de vie et de sa froideur présumée, conforta l'hypothèse singulière du procureur. Rosa Faúndez Cavieres ne pouvait pas être une femme comme une autre.

Dans son accusation comme dans ses déclarations à la presse, le magistrat établit un lien entre la transgression au sexe féminin que représentait une femme active, l'évolution du mouvement féministe et l'assassinat violent de Santander. Travailler, gagner un salaire et sillonner les rues sans un homme pour la protéger constituèrent des éléments que le procureur présenta comme les prémices de l'infraction la plus grave commise par l'accusée : l'homicide. Une fois de plus, les transgressions à la loi du genre anticipèrent la transgression pénale. Une succession d'insoumissions qui permit de diffuser sans preuves du contraire le postulat dominant dans ce procès : celui d'une femme défaillante. Les maris pouvaient dormir tranquilles car Rosa Faúndez n'avait rien à voir avec leurs épouses dociles et féminines.

Bien que curieuse, cette masculinisation et pathologisation de l'accusée s'appuyait alors sur la célèbre anthropologie criminelle italienne. Des décennies plus tôt, Cesare Lombroso et Guglielmo Ferrero avaient examiné des centaines de femmes incarcérées dans le but de trouver en elles des traits communs qui leur permettraient de définir la *donna delinquente*. Après avoir mesuré des crânes, des pouces et des oreilles, inspecté des dentitions et dessiné des centaines de nez, les criminologues avaient publié leurs conclusions polémiques : il y avait très peu de différences entre les délinquantes et ce qu'ils appelaient les *femmes normales*. Une similitude qu'ils estimèrent significative, mais qui, au lieu de les amener à questionner leur méthodologie contestable ou à abandonner leur thèse épigénétique, les conduisit à une autre déclaration étonnante : si elles se ressemblaient autant les unes et les autres, c'est que *toutes* les femmes étaient criminelles par nature, et les délinquantes, c'est-à-dire celles qui suivaient leur instinct meurtrier, n'étaient rien de moins que monstrueuses. Un épilogue déconcertant, que la critique allemande Susanne Kord remet en cause avec habileté : si nous, les femmes, sommes toutes des délinquantes par nature, mais que les femmes délinquantes cessent d'être des femmes pour devenir des monstres, quel est le véritable genre de la femme criminelle ?

Le magistrat regarda Rosa Faúndez droit dans les yeux et haussa les épaules. Cette femme sévère, aux lèvres fines, aux cheveux noirs et au regard pénétrant, n'appartenait certainement pas au sexe faible. Plus encore, conclut-il, Faúndez avait « les traits anatomiques et pathologiques de certains délinquants ». Il y avait, dans le lobe de ses oreilles, la taille de ses sourcils, ses pupilles noires et ses mains, quelque chose qu'elle s'efforçait de cacher.

[Journal de la marge]

Je tourne les pages du fragile dossier judiciaire. J'ai du mal à entendre sa voix dans ces phrases si formelles, si caractéristiques des juges et des avocats : défunt, intervalle, préméditation. Je me demande ce qu'elle a pu dire réellement. La voix de Rosa Faúndez était-elle grave ? Bredouillait-elle ? Quels mots a-t-elle choisis pour raconter sa vie ? Je reviens, comme pour assembler les pièces d'un casse-tête, à une autre photographie. Ici, Rosa est transférée sur la scène de crime. Elle avance, regard baissé, menottes aux poignets, entourée de quatre policiers. Je sais qu'on lui ordonnera de s'approcher du lit, d'empoigner le couteau et de le planter dans un corps imaginaire. Et je sais ce qui va se passer quand elle quittera la maison. Les curieux, les rumeurs, les crachats. Les voisins diront aux reporters qu'un jour elle a poignardé un de ses locataires et a blessé son propre père, qui n'était pas commode. Tandis qu'ils l'entourent, la poussent, j'observe de près son image pour mieux la voir. Alors, au moment où je peux presque effleurer son visage, elle lève la tête et prononce l'unique phrase que rapportent les journaux : « Que vous arrive-t-il ? Vous n'avez jamais vu une femme de votre vie ? »

Car Rosa Faúndez, en dépit de ses multiples transgressions, se considérait comme une femme. Et pour cette raison peut-être, ce même magistrat qui l'avait décrite comme excentrique et anormale – fausse femme – se vit obligé dans son accusation d'en brosser un portrait plus ordinaire, d'écrire une ou deux lignes que les journaux pourraient reproduire dans leurs pages et que le procureur trouverait dans la loi sans grands problèmes. Et quoi de mieux que la jalousie, que l'atavique crime passionnel, pour banaliser la provocante vendeuse de journaux ?

« La volonté de commettre un crime est née, déclara le procureur, par l'excitation que la jalousie a produite sur l'âme irritable de Rosa Faúndes [*sic*], c'est-à-dire sous l'empire de la colère. »

Ses propres contradictions ne semblèrent pas empêcher l'indécis magistrat de dormir. Après avoir dépeint l'accusée comme une femme insensible, un être froid et sans scrupule, il n'invoqua rien de moins que l'excès d'émotion. Après tout, semblait-il dire, Rosa Faúndez était bien une femme et comme telle, comme être émotif par nature, elle était soumise à ses impulsions. « La protagoniste de l'horrible tragédie fut une femme rendue folle de rage par la jalousie », annonça un titre qu'on pourrait lire encore aujourd'hui dans la presse.

Car la jalousie a imprégné les crimes de sang depuis le lointain XIXe siècle, quand est née en France la notion de *crime passionnel*[1], jusqu'à nos jours où la presse continue de parler de « crise de jalousie » et de « passion exacerbée » pour décrire des homicides perpétrés au sein du foyer familial. Le rôle de la jalousie, bien entendu, est toujours différent selon que le meurtre est commis par un homme ou par une femme, ce qui s'est traduit par le fait que des centaines d'hommes furent exempts de toute responsabilité pour avoir agi « sous le coup de la passion » et des dizaines de femmes, châtiées précisément pour la même raison.

Cette différence révèle la violente relation de domination des hommes sur le corps des femmes, qui, puisqu'elles sont considérées comme leur propriété, peuvent être frappées ou assassinées, et montre, une fois de plus, un sens de l'honneur inégal. Tandis que les hommes pouvaient tuer par jalousie et brandir celle-ci comme excuse, les femmes furent rarement libérées pour ce motif. Ils avaient le droit de dire qu'ils avaient agi pour défendre leur honneur, alors qu'elles, devant la loi, n'étaient pas en mesure de dégainer cet argument, leur honneur n'étant pas remis en cause par l'infidélité de leur mari. Par conséquent, aussi jalouse que pouvait être Rosa Faúndez et aussi infidèle qu'était Santander, son honneur n'avait pas été sali par l'existence d'une maîtresse, car cet honneur

1. En français dans le texte.

ne dépendait pas de son époux mais d'elle, exclusivement : de *sa* fidélité envers Santander ou de *son* célibat. C'est pourquoi, dans cette affaire, la jalousie ne servit pas de circonstance atténuante.

L'allusion à la jalousie de la part du procureur ne permit donc pas de requalifier le délit ou de déclarer l'accusée irresponsable, mais d'atteindre un autre but : banaliser la féminité douteuse de Rosa Faúndez. Plaider la jalousie et la passion, parler d'un acte commis sous l'empire de la colère permit au magistrat d'attribuer à l'ineffable criminelle un sentiment supposément naturel chez les femmes sans remettre en cause son châtiment. Mais Rosa Faúndez et son avocat virent dans cette manœuvre une occasion à saisir. Et de même que Corina Rojas avait habilement invoqué la folie de l'hystérie, Faúndez aurait recours aux « astuces des faibles » de Josefina Ludmer, et revendiquerait la jalousie, si féminine, si envahissante, pour échapper au châtiment.

Son avocat, attentif aux pirouettes dialectiques du juge, mentionna dans sa plaidoirie le « caractère profondément passionné, profondément jaloux » de Rosa Faúndez, et affirma que, par sa nature féminine, elle se trouva en proie à une « excitation puissante, dominatrice et violente, due à la jalousie ». L'avocat tenta l'hypothèse du coup de folie irrépressible pour minimiser la responsabilité de sa cliente et éviter une peine exemplaire. « J'espère que la justice ne sera pas si sévère à mon égard », déclara Rosa Faúndez à la presse. Et elle ajouta, avec une conscience fascinante de sa généalogie criminelle : « Corina Rojas n'a-t-elle pas été graciée ? »

Mais avant d'être graciée en 1922, Corina Rojas avait passé quasiment sept ans derrière les barreaux dans l'attente de la peine capitale et c'était la perspective de ce châtiment qui avait déclenché le soutien de tant d'organisations féministes. Faúndez, sans avocat de renom ni amours tragiques, sans assassins commandités ni sorcière ni mari fortuné, avec ses mains pour seule arme et sa misère comme décor, n'entraîna pas le même élan de solidarité.

Après avoir entendu les arguments des deux camps, le juge choisit sa propre voie. Il balaya la conjecture excentrique d'une fausse femme et admit que Rosa Faúndez avait agi sous le coup d'une explosion de jalousie, mais décida, une fois de plus, de ne pas minimiser sa responsabilité pénale. Le magistrat remplit ainsi un double objectif. Banaliser Rosa Faúndez en lui attribuant un signe d'amour typiquement féminin, caractéristique des expectatives amoureuses de l'époque, et imposer un châtiment exigé à grands cris par la société.

Rosa Faúndez Cavieres, protagoniste d'une des affaires judiciaires les plus retentissantes de l'histoire du Chili, fut finalement condamnée à douze ans de prison ferme. Une peine mineure compte tenu de la violence de l'assassinat, mais qui ne put être aggravée faute de témoins fiables, et à cause d'un vide juridique autour de la question du démembrement de cadavre : transgression supplémentaire ? Toutefois, cette sentence fut plus qu'efficace. Elle effaça la perturbatrice meurtrière des rues de Santiago, des titres des journaux et des conversations en ville. À la différence de Corina Rojas, sa condamnation ne suscita pas de demandes de grâce. L'affaire, malgré le choc qu'elle causa dans le Chili de l'époque, fut rapidement close. La célèbre affaire des canaux d'irrigation, le mystère du corps démembré, fut vite résolue, et tout aussi hâtivement classée.

[Journal de la marge]

Ai-je enfin trouvé ce que je cherchais ? me demande l'archiviste de la Bibliothèque nationale. Il m'appelle « mon petit », « ma fille », jusqu'au moment où je lui explique sur quoi porte ma recherche. Alors, sans un mot, il me remet le dernier microfilm contenant les journaux de l'époque. Cela fait des semaines que je suis sur les traces de Rosa Faúndez. De productions artistiques des années 1920 inspirées par son crime. Je n'ai pas découvert de chansons ni de films, pas de poèmes non plus. Personne n'a voulu parler de cette femme. Je reviens, découragée, dans la salle commune, et j'aligne sur le bureau les copies que j'ai faites des photos les plus violentes publiées dans la presse : des parties, encore et encore, du cadavre. Un étudiant assis à côté de moi épie ma sinistre collection. Il m'examine, fronce les sourcils et observe à nouveau les images. Je pense qu'une photo est une définition. Un ensemble de photos, en revanche, peut être un récit, une exposition. Après des semaines sans réponse, je comprends pourquoi ma quête n'a pas abouti. Je vois la tête décapitée sur une table. Je vois une jambe amputée. Je vois le buste exposé dans une pièce vide. Le cadavre d'Efraín Santander fut exhibé comme une œuvre d'art.

Qu'un meurtre ait des résonances esthétiques n'a rien d'original. Bien que provocatrice, cette idée a été formulée il y a deux cents ans par l'écrivain Thomas de Quincey dans son œuvre *De l'assassinat considéré comme un des beaux-arts*, et reprise, au XXe siècle, après le célèbre crime commis par les sœurs Papin en France en 1933.

Christine et Léa Papin, deux jeunes femmes françaises employées de maison, assassinèrent Mme Lancelin, leur patronne, et sa fille, dans leur maison de la rue Bruyère, au Mans. Elles les frappèrent, lacérèrent leurs corps, leur arrachèrent les yeux, puis s'étendirent sur un lit, dans les bras l'une de l'autre, en attendant la suite. Et la suite déborda largement du cadre des tribunaux. Jean-Paul Sartre et Simone de Beauvoir se lancèrent dans un fascinant débat sur la dimension classiste du crime violent ; l'écrivain Jean Genet s'inspira de ce meurtre pour écrire sa fameuse pièce, *Les Bonnes* ; Jacques Lacan publia un texte analytique, « Motifs du crime paranoïaque : le crime des sœurs Papin » ; le double homicide fut également revendiqué par les poètes Paul Éluard et Benjamin Péret comme un acte propre à l'iconographie surréaliste, tandis qu'André Breton déclarait haut et fort que l'acte surréaliste par excellence était de sortir dans la rue et de tirer dans la foule.

Le contexte chilien, au moment de l'assassinat de Santander, était, sans nul doute, radicalement différent. L'avant-garde littéraire était née seulement quelques années plus tôt et les premières critiques contre les codes académiques dans les arts plastiques apparaissaient, mais le surréalisme n'existait pas et personne n'aurait eu l'idée insensée de louer la beauté d'un corps démembré. Le crime n'inspira pas les artistes chiliens en 1923. Pourtant, il eut en lui-même des résonances esthétiques.

Compte tenu du fait que les parties du cadavre apparurent progressivement, et du grand intérêt que l'affaire éveilla dans la population, le meurtre fut raconté par la presse comme un mystère et la police impliqua le public de la capitale dans sa résolution. La morgue ouvrit ses portes aux citoyens et d'étranges pèlerins envahirent ses couloirs glacés. Là, sur une table semblable à une devanture de magasin, étaient étalés les fragments du corps d'un homme mutilé.

Les ressemblances avec une galerie d'art sont frappantes : la disposition de la table (« tournée vers la rue », selon *Las Últimas Noticias*), l'œuvre orientée vers le public, les horaires d'ouverture et les nombreux visiteurs. Leur état d'esprit devant l'excentrique exhibition est énigmatique, mais il oscilla sûrement entre la curiosité et la peur, en passant par le dégoût, l'attirance et la répulsion. Un éventail d'émotions semblable à celui que peuvent provoquer les performances actuelles de l'artiste serbe Marina Abramović, qui demande au public de la lacérer, ou de la Française Orlan, qui montre en temps réel et en direct les opérations chirurgicales pratiquées sur son corps. Mais à la différence de ces performances, où l'espace d'exposition est délimité à l'avance, le crime commis par Rosa Faúndez franchit toutes les frontières.

À cause de la dispersion des parties du cadavre à différents endroits du Mapocho et du temps qu'il fallut pour les retrouver, tout Santiago se transforma en un immense musée et ses habitants devinrent les spectateurs du corps masculin mutilé. Cette exposition suscita un effroi inattendu parmi le public de la capitale. L'intérieur du corps, ses fluides et sa chair furent soudain exhibés et, sans doute à cause de la violence de ce spectacle, la presse choisit d'omettre certaines caractéristiques du cadavre. Aucun journal ne diffusa l'information selon laquelle le pénis d'Efraín Santander présentait des sécrétions syphilitiques, aucun ne révéla non plus que ses intestins furent retrouvés dans un paquet à part. Le symbolisme de ces découvertes était, probablement, trop fort : le corps masculin s'écoulait et il n'y avait pas moyen de le contenir.

La référence au sexe du cadavre, cependant, n'est pas anecdotique. Même si dans l'histoire de l'art le corps morcelé a toujours occupé une place prééminente, les connotations symboliques sont différentes quand ce corps est masculin ou féminin. Car la fragmentation, comme le fait remarquer la théoricienne féministe Rosi Braidotti, a été la condition historique de la femme, et le corps féminin mutilé, un lieu commun des arts visuels. Une fétichisation qui n'est pas anodine et qui, selon l'essayiste Linda Nochlin, a permis à la société de situer la mort et la putréfaction loin de la masculinité dominante, et de maintenir le corps masculin à l'abri de menaces inutiles. C'est cette menace qui devint dangereusement visible sur le cadavre d'Efraín Santander.

Au-delà des courants artistiques en vogue ou des opinions personnelles, les employés de la morgue, les lecteurs des quotidiens et même les piétons qui traversaient les nombreux ponts de Santiago virent dans la figure du vendeur de journaux mort leur propre finitude, la transformation en déchet d'un homme ordinaire. Et face à une telle menace, aggravée par la culpabilité d'une femme, une réaction ferme s'imposait. La presse prit cette tâche très au sérieux.

Tant que le cadavre n'avait pas été identifié et que l'affaire était présentée au public comme une véritable énigme, les journaux s'employèrent autant à découvrir le nom du mort que sa classe sociale. Les premiers jours, alors que circulait encore l'hypothèse d'une opération chirurgicale ou d'une amputation, le corps fut décrit comme celui d'une « personne honnête », mais dès que la piste criminelle fut établie, l'honnêteté disparut. « Il s'agit d'un représentant du bas peuple », déclara un éditorial parmi d'autres qui firent allusion à un voyou et aux quartiers pauvres de Santiago.

L'impossibilité d'individualiser le cadavre fut utilisée par la presse dans un but discutable. Le dégoût provoqué par la mutilation et le sang, la putréfaction et l'abjection fut habilement transféré par les journaux d'un anonyme à un groupe parfaitement défini. C'est-à-dire, du corps individuel au collectif, rattaché par les reportages à ce qui est bas, sale, négligé et brun. La presse suggère que *ça* (l'écoulement, la mutilation, l'assassinat) ne pouvait arriver qu'à un marginal, atteignant au passage un objectif controversé : expulser cet abject sujet d'une société supposément blanche et propre, et rassurer, ainsi, les *vrais* habitants du pays.

Suplementeros

Damos algunas vistas de este gremio que hoy día anda en boca de todo el mundo con motivo del crimen. Por su parte, ellos van ahora gritando sus diarios, más robustecida la voz y más altiva su mirada... ¡Son los hombres del día!

Cette stratégie, aussi subtile fût-elle, ne passa pas inaperçue. Les années 1920 au Chili virent l'apogée du syndicalisme et une expansion des idées socialistes. Chaque semaine se formaient des associations et des corporations ouvrières et, pour cette raison, la rue ouvrait les yeux sur le classisme latent dans la société chilienne. Une conscience de classe également présente dans le syndicat des vendeurs de journaux à la criée, qui exprima ouvertement son malaise à l'égard de la couverture médiatique du crime à travers de longues lettres adressées à la presse :

Nous, membres du Syndicat des vendeurs de journaux à la criée, sommes les premiers à déplorer le malheur qui a ému le pays, même si la coupable n'appartient pas à notre organisation. En revanche, la victime, si. Ceci, monsieur le Rédacteur en chef, est le produit de l'ignorance dans laquelle se trouve la classe ouvrière jusqu'à aujourd'hui [...] et cela ne justifie pas que l'opinion publique s'acharne sur tous les vendeurs de journaux.

La plainte de la corporation est plus complexe qu'il n'y paraît. D'un côté, elle cherche à prendre ses distances avec l'élément contaminateur, la vendeuse de journaux criminelle ; de l'autre, elle prétend défendre la dignité de son travail quotidien. Tout au long du procès, le syndicat demeura attentif à sa couverture médiatique et, lorsqu'il fut terminé, il réclama le cadavre d'Efraín Santander. Ses membres (si je puis dire) achetèrent collectivement une niche, organisèrent une veillée funèbre et firent en sorte que les funérailles soient couvertes par tous les journaux. Leur intention : inverser la stigmatisation favorisée par les reporters, mettre sous terre le cadavre dérangeant et réaffirmer le lieu de l'organisation dans la structure sociale du pays.

Mais l'identification classiste entre la criminalité et le prolétariat, entre le « bas peuple » et le corps démembré, ne fut pas la seule manœuvre douteuse entreprise par la presse. Avant même la fin du procès, des images qui aujourd'hui ne seraient jamais publiées illustrèrent chaque jour les actualités sur le violent assassinat.

Ces photographies inquiétantes, où les enquêteurs posent à côté de différentes parties du corps, ne participèrent pas seulement du processus d'identification, mais remplirent une autre fonction. Face à l'effroi provoqué par une femme qui avait découpé son mari en morceaux, puis jeté ceux-ci dans le Mapocho, la police décida de montrer au public les parties du cadavre. Il était urgent de lutter contre la peur déclenchée par le crime, et quoi de mieux que de diffuser en boucle ces images où le corps apparaît encadré par des policiers ? Dans un travail conjoint, la presse et la police se chargeaient de réaffirmer l'autorité masculine tenue en échec par le crime et désormais personnifiée par des hommes bien vivants et entiers.

Les articles parus dans les jours qui suivirent l'homicide furent également décisifs : « Les autorités et le public sont pleinement satisfaits de l'enquête et n'ont eu que des mots d'encouragement pour les enquêteurs », indiqua un journal. Un autre ajouta que « l'enquête intelligente de la section de sécurité mérite les félicitations du président de la République ». Même Efraín Santander, alcoolique et auteur de plusieurs épisodes violents envers son épouse, serait expurgé par la presse : « Ses bonnes manières attiraient l'attention de ses voisins », « il accomplissait avec régularité ses devoirs de maître de maison », « un homme intègre », conclut un quotidien, comme si ce mot, *intégrité*, pouvait réparer la fragmentation du mari démembré.

Le crime iconique des canaux d'irrigation engendrerait son propre public et provoquerait une réaction à la fois viscérale et esthétique chez celui-ci. Le corps démembré au premier plan, son exhibition à la morgue et la reproduction sérielle de photographies, rendent compte de ce processus d'esthétisation. Et c'est peut-être cet impact, au-delà de l'actualité, qui explique l'absence de productions artistiques inspirées par le crime. Ou bien un pur anachronisme rendit-il illisible cet acte criminel pour les artistes, dramaturges et écrivains de l'époque. Ce qui est sûr, c'est que le contexte historique et artistique des années 1920 n'était pas favorable. Le meurtre, cependant, demeura présent, comme une ombre sinistre sur la rive du Mapocho jusqu'en 1922. Il fallut attendre soixante-dix ans et la dictature la plus sanglante de l'histoire du Chili pour que l'affaire, finalement, trouve son époque. Ou que l'époque, peut-être, trouve son affaire.

[Journal de la marge]

Les mois passent, les informations sur Faúndez diminuent. D'abord, la une. Puis une demi-page. Vers la fin, des brèves à la rubrique des faits divers. J'ai de plus en plus de mal à trouver des traces du destin de cette femme. Un petit article flou informe que Faúndez n'est pas encore jugée. Elle est incarcérée depuis deux ans, mais ses avocats ont renoncé à la représenter. *Irreprésentable*, je note ce mot, à côté duquel j'ai aussi écrit *illisible*, *irrécupérable*. L'archiviste m'indique qu'ils vont bientôt fermer, mais il me remet une dernière bande. Alors, soudain, une découverte. Rosa Faúndez a mené une révolte en prison. Une religieuse refuse de lui donner une tasse de café et elle, furieuse, lui jette le récipient à la figure. La religieuse appelle les gardiennes, mais il est trop tard. « Les autres prisonnières surgirent pour soutenir Faune [*sic*] à coups de poing et de chaise. » Rosa Faúndez, finalement, a trouvé des gens pour la défendre.

La tueuse ne fut pas nommée sous sa véritable identité en 1923. Les journaux mentionnèrent Rosa Faune, Faúndes, Rosa Cavieres, María Rosa Fauna, María Cavier, María Faune ou Rosa tout court. Une erreur systématique qui reflète les difficultés de la société à assumer ce crime et à en reconnaître l'autrice. Rosa Faúndez, l'innommable, était trop provocante, trop pauvre, trop violente et dangereuse. Ne pas lui donner de nom faciliterait l'amnésie collective. Et cette femme devait être effacée de l'histoire le plus vite possible.

Les méandres de la mémoire, néanmoins, trouvent toujours leur embouchure. Et Rosa Faúndez réapparaîtra le 20 mars 1992 dans un lieu inattendu. Soixante-dix ans après l'assassinat d'Efraín Santander, mais derrière le lourd rideau du Teatro Nuval, à Santiago du Chili, vêtue de sa jupe épaisse, torse nu, resurgit Rosa, la Démembreuse. C'était la première de la pièce *Historia de la sangre*, un tournant culturel de la post-dictature chilienne.

Le public de la capitale se retrouva ce soir-là devant une mise en scène peu conventionnelle : lumière fluorescente, musique dissonante et un décor contenant peu d'éléments, parmi lesquels une cabine en verre située à gauche de la scène. À l'intérieur, sans porte de sortie, était enfermée l'actrice Amparo Noguera, chargée d'interpréter Rosa Faúndez Cavieres.

Historia de la sangre demanda à Alfredo Castro, le metteur en scène, à l'acteur Rodrigo Pérez et à la psychanalyste Francesca Lombardo un dur travail de recherche. Leur projet était de créer une pièce de théâtre basée sur des témoignages de personnes en prison ou dans des hôpitaux psychiatriques et qui auraient commis, selon leurs propres mots, des crimes par amour. C'est ainsi que leur route croisa l'affaire des canaux d'irrigation et qu'ils s'employèrent à recueillir de la documentation pour intégrer la meurtrière à leur production.

Rosa devint une de leurs protagonistes. Seins nus, avec une longue tresse, allusion à la corde avec laquelle elle étrangla son mari, le personnage déclame un monologue. Rosa, la Démembreuse, raconte comment elle a tué Efraín Santander, évoque la toile cirée, la mèche de cheveux et le découpage du cadavre. Mais, vers la fin, son discours devient plus opaque : « L'hémorragie ôta à l'Aigle toute pudeur, toute retenue », dit-elle.

Ses mots ne suscitent pas de réponse. Les réactions des autres personnages sont corporelles et gestuelles, mais non parlées. Aucun d'eux, d'ailleurs, ne s'adresse directement à ses partenaires. Sous forme de discours poétiques et allégoriques, terriblement évocateurs, la pièce fait allusion à la mort et à l'amour, à une violence démentielle, à des crimes perpétrés contre des enfants et des parents, contre des épouses et des maris. Et cette référence au sang résonna très fort dans le Chili des années 1990. Le pays sortait de dix-sept ans de dictature et commençait à peine à se confronter à une violence qui n'avait pas été reconnue, ni punie.

L'allusion à la violence politique est indirecte dans l'œuvre. *Historia de la sangre* ne parle pas des victimes de torture ni des prisonniers disparus, mais, avec une grande force, d'autres personnes disparues. Sur scène figurent des sujets écartés par le nouveau Chili de la post-dictature : des pauvres, des fous, des orphelins, des assassins, tous vidés d'un langage cohérent et brisés par la douleur, que la justice, « dans la mesure du possible », voulait oublier avec urgence. La pièce défie les injonctions de modération et de silence du processus transitionnel. Et quelle plus belle métaphore de la patrie démembrée du début des années 1990 que la mutilation d'un corps sans identité ? Si la dérive de morceaux humains dans le Mapocho n'avait pas trouvé en 1923 d'écho artistique, en 1992, après une dictature sanglante où apparaissaient des corps sur la rive du même fleuve, le moment était venu de faire exploser esthétiquement cet assassinat.

À cause du poids écrasant du contexte post-dictatorial, de la lecture allégorique à laquelle fut soumise cette œuvre importante et du fait que le féminisme ait été poussé, commodément, à la marge de la timide transition chilienne, l'amour – autre élément clé de la production – passa quasiment inaperçu aux yeux de la critique. Castro, Pérez et Lombardo mirent des semaines à visiter des prisons et des hôpitaux psychiatriques, ainsi qu'à consulter de vieux journaux, en quête de ce qu'ils appelèrent des crimes passionnels. Au cours de cette recherche, et sous cette étiquette, ils repêchèrent le crime des canaux d'irrigation, étiqueté par la presse du début du XXe siècle comme une crise de jalousie. Bien que la production recrée de manière dramatique cet assassinat, le metteur en scène lui-même a affirmé plus d'une fois qu'il n'y avait pas de fiction dans la pièce : il s'agissait de témoignages restitués dans un but symbolique. Et le mot « témoignage », alors que la démocratie venait tout juste d'être retrouvée, possédait un halo de vérité qui, inévitablement, se déplaça à la qualification des crimes « passionnels ».

Parler de « crime passionnel » et d'assassinat commis « par amour » sous-entend, dans ce cas, que le jugement du début du XXe siècle était juste : Faúndez avait commis le meurtre « sous l'emprise de la colère » et « mue par la jalousie ». « J'aimais l'Aigle, dit sur scène Rosa la Démembreuse. Il fréquentait d'autres femmes, cela me rendait folle. » Et elle continue : « J'ai tué l'Aigle toute seule, personne ne m'a aidée. Il m'a suffi d'un couteau, de ma jalousie et de mon amour. »

Dans la voix de Rosa, cette voix à la première personne qui n'apparaît jamais dans le jugement et qui ne fut quasiment jamais recueillie par les reporters de l'époque, on entend le mobile supposé du crime. La Rosa interprétée par Amparo Noguera invoque la même jalousie utilisée dans la procédure pénale pour banaliser la tueuse sans que l'appareil critique des années 1990 s'en émeuve. Dans un monologue décrit comme témoignage, mais qui en réalité provient de la vérité judiciaire élaborée par des juges et des avocats, Rosa cesse d'être l'autrice provocante d'un crime scandaleux et devient plus lisible, selon les archétypes en vigueur aussi bien en 1923 qu'aujourd'hui.

L'affaire des canaux d'irrigation fut-elle un véritable crime passionnel ? Rosa Faúndez tua-t-elle en pleine crise de jalousie ou en état de légitime défense ? Découpa-t-elle son mari par vengeance et cruauté ou par stratégie, pour cacher le corps du délit et éviter un châtiment qui pouvait la conduire au peloton d'exécution ? L'amour romantique, comme construction culturelle, est toujours allé de pair avec la jalousie. Et les femmes, enfermées dans leur maison avec l'horizon étroit de l'amour comme unique perspective, sont très souvent tombées dans ses pièges. Ici, cependant, cela ne semble pas être le cas. Il demeure toutefois un doute raisonnable sur les vraies motivations de l'homicide.

La forte critique du souvenir de la transition vers la démocratie présente dans la pièce n'a pas empêché le texte d'avoir recours à l'argument classique de la jalousie. Francesca Lombarda enfonce le clou dans une interview sur la figure de la femme folle de jalousie : « Statistiquement le crime est moins fréquent chez les femmes parce qu'elles sont plus soumises et contrôlées. Mais la passion déborde de manière irrépressible quand la digue est rompue. En jouant, le petit garçon casse son camion d'un coup ; la petite fille arrache les cheveux à sa poupée, un par un. » Lombardo rejoint une chaîne fragile d'essentialismes fondée sur la nature conformiste à laquelle avait fait référence Cesare Lombroso, bien longtemps auparavant, en 1895. Elle ajoute que les femmes seraient émotionnelles et passionnelles, au point d'être sadiques quand elles perdent le contrôle. Et comme propulsés en une minute de 1923 à 1992, ses mots ressuscitent des stratégies très similaires à celles utilisées par le juge pendant le procès de Rosa Faúndez : la femme insensible qui, plus tard, commet un crime, en proie à un excès d'émotion.

Mais il y a une différence de taille entre le rôle joué par la jalousie il y a un siècle, et dans les années 1990 néolibérales. Si, en 1923, ce sentiment a servi à féminiser une épouse décrite comme robuste et garçon manqué, une femme contaminée par son incursion dans le monde professionnel masculin, dans *Historia de la sangre* la jalousie s'accompagne d'une érotisation. Chaque fois qu'elle prend la parole, Rosa la Démembreuse doit s'accroupir pour s'approcher du micro situé au niveau de ses genoux. Et à chaque intervention, elle ondule et agite son corps en une évocation clairement sexuelle. Torse nu, enfermée dans cette étrange cabine en verre, ce n'est plus l'effrayante femme masculine de 1923, mais la *femme fatale*[1], tout aussi redoutée. Une autre femme embarrassante qui a permis de déplacer l'agression féminine de l'impensable terrain de la violence au territoire plus connu du genre. Avec ses courbes et ses seins, sa taille fine et son regard qui tue, Rosa, devenue *femme fatale*[2], est punie une fois de plus.

1. En français dans le texte.
2. Ibid.

[Journal de la marge]

Le jugement est succinct. Ses phrases laconiques décrivent à peine le strict nécessaire : « Rosa Faúndez Cavieres. Trente-deux ans. Mariée. Vendeuse de journaux à la criée. Lit et écrit. Arrêtée deux fois pour blessures. Née à Santiago. » Toute affirmation est hésitation, toute réponse est doute. Des semaines de recherche et aucune certitude. Je fouille dans le dossier comme s'il recelait un secret, mais je reviens vite aux photos. Rosa a peut-être aussi vu ce portrait. Cette petite image floue où elle cache ses mains entre les plis de sa jupe. Qu'a-t-elle pu penser alors ? A-t-elle touché la paume, le dos de ses mains pour vérifier qu'elles existaient au-delà du papier ? Je l'imagine, choquée, respirant vite, examinant ses ongles rongés, ses articulations protubérantes à tous les doigts, tenant un journal dans lequel elle apparaît, mais ce n'est pas elle, c'est une femme qui lui ressemble étrangement et qu'elle a vue quelquefois dans le miroir.

Les photographies constituent largement un des signes les plus distinctifs de l'affaire et elles obligent à une relecture méritée de ce crime. L'œuvre de l'artiste chilienne Josefina Guilisasti, *El Caso de las cajitas de agua*[1], fut exposée à Santiago quatre-vingts ans après le meurtre, au cours de l'été 2003.

La base de cette installation était sept photographies en couleur, de 40 × 50 cm. Les images étaient à moitié couvertes par un rideau en velours que les spectateurs pouvaient (ou non) tirer. Derrière

1. « L'affaire des canaux d'irrigation ».

les rideaux se trouvaient des clichés de paquets de différentes tailles, les uns ovales, d'autres de forme allongée, tous enveloppés dans du papier, recouverts par un plastique transparent et placés dans des boîtes blanches.

L'installation de Guilisasti interrogeait le lien entre réalité et représentation, cherchant à heurter le public : il y a des boîtes qui ressemblent à des tables, des paquets, à des membres, et des photographies qui semblent tridimensionnelles. Un jeu de faux-semblants qui, accentué par l'utilisation du rideau, suscita des questions au-delà du monde de l'art.

Contrairement à ce qui s'était passé lors de la couverture médiatique du crime de Rosa Faúndez, Guilisasti cache le contenu des paquets photographiés. Elle fait allusion aux membres corporels dans le titre de l'installation et dans sa référence à l'affaire, mais le corps est absent de son œuvre. L'artiste exhibe une série d'objets enveloppés dans du papier et dans un plastique qui masque tout en laissant entrevoir l'intérieur, comme la toile cirée utilisée par Faúndez avait permis de cacher le cadavre, puis de l'identifier. Et, sur le terrain mouvant de la représentation, ce n'est pas tout. Si Rosa Faúndez avait couvert avec un mouchoir blanc le visage de Santander pour ne pas le voir et, plus tard, avait refusé d'entrer dans la morgue pour reconnaître son corps, il n'est pas nécessaire, dans le montage de Guilisasti, de fermer les yeux. Les parties du corps ne sont pas exposées au public, tout est paquet, enveloppe, acte de camouflage, signe de la présence menaçante d'un cadavre.

Mais pourquoi un cadavre ? C'est la question clé. En montrant sans montrer, en suggérant sans dire, Guilisasti invite à une réflexion sur ce que nous projetons sur une image voilée. La dissimulation du corps, remplacé par des paquets propres, sans trace de sang, qui ne correspondent pas non plus clairement aux différents membres, nous pose une question dérangeante : ce que nous projetons à l'intérieur de ces paquets, n'est-ce pas aussi une illusion d'optique ? Un autre piège de la représentation ?

Guilisasti, par ailleurs, cache l'identité sexuelle du cadavre de son exposition. Et ce geste, à la lumière surtout du rôle viril de Santander en 1923, est éloquent. Grâce aux enveloppes de papier, l'artiste ôte du champ visuel un cadavre masculin et ne précise pas son sexe, soulevant le problème de la fétichisation du cadavre féminin dans l'art contemporain. La question, à présent, est : que projetons-nous, nous qui contemplons l'œuvre, dans ces paquets ? Un cadavre de femme ou d'homme ? Et quelle est la raison de cette projection erratique ?

La série de photographies de Guilisasti invite, d'une manière habile et originale, à réfléchir à la représentation et à ses pièges. Et la référence à un crime commis par une femme définie comme masculine, une fausse femme, permet de revoir la scène de crime sous un nouvel angle. L'œuvre, avec son jeu d'absences et de présences, de dissimulations et de dévoilements, se distingue d'autres productions artistiques qui s'acharnent à châtier la femme criminelle, se contentant d'indiquer, avec intelligence, la présence d'un autre piège.

Celui dans lequel nous tombons quand nous parlons de tueuses et que nous leur collons l'étiquette de jalouses, folles ou masculines.

Mais à quoi bon parler ? Pourquoi recourir au langage pour revenir sur un assassinat qui laissa la société chilienne sans voix ? C'est la question que formulerait la chorégraphe Andrea Torres Viedma en lisant une information qui ferait resurgir une dernière fois, du fond du Mapocho, l'affaire Rosa Faúndez.

En plein automne 2006, un enfant de la commune de Puente Alto, au sud de Santiago, vit un chien errant traîner un pied humain depuis une décharge éloignée. Il correspondait au corps d'un jeune de vingt ans qu'on identifia ensuite : un certain Hans Pozo dont la mort causerait un choc dans le Chili du nouveau millénaire.

Le crime avait beau avoir été commis par un homme, le démembrement du jeune Pozo amena la presse à sensation à établir des généalogies détaillées sur cette pratique dans l'histoire du pays. À l'origine de cette étrange lignée réapparut Rosa Faúndez et, avec elle, cet ultime écho culturel.

Après des mois de recherche et d'éprouvantes répétitions, eut lieu en 2008 la première de *Lecturas de un crimen en tercera persona*[1], un spectacle de danse créé par Torres Viedma et repris dans différents lieux de la capitale. La proposition de la chorégraphe et de son équipe était inédite : une interprétation performative d'un meurtre perpétré en 1923 pour parler des

1. « Lectures d'un crime à la troisième personne ».

tensions sociales du présent. L'œuvre s'appuyait sur une étude de la presse historique, mais, cette fois, au lieu d'explorer l'exceptionnalité d'une femme homicide, la metteuse en scène décida de travailler un autre type de violence : la violence de classe.

Dans plusieurs interviews, Torres Viedma critique la couverture journalistique de l'assassinat d'Efraín Santander et dresse des parallèles intéressants avec le traitement médiatique du meurtre de Hans Pozo. Dans le premier cas, elle dénonce le classisme de la presse conservatrice à l'égard de la corporation des vendeurs de journaux à la criée. Tandis que, dans le deuxième cas, elle cible l'opération entreprise par les médias contemporains qui réduisirent à un cliché un jeune homme consommateur de crack, dont les restes furent retrouvés dans une décharge, et dans la mort duquel étaient impliqués des habitants d'un quartier qualifié de pauvre, sensible et marginal. Dans un retournement singulier, ce n'est plus la coupable, la tueuse, qui attire l'attention de la chorégraphe, mais les victimes, expulsées à la marge de deux Chili pas si différents l'un de l'autre.

Trois hommes et trois femmes sont sur scène, les danseurs, vêtus d'un simple pantalon marron et d'une chemise blanche, les danseuses, d'une chemise également blanche et d'une jupe identique à celle que portait Rosa Faúndez presque cent ans plus tôt. L'apparition sur scène est fantasmatique. Il règne une lumière ténue, proche du sépia des photographies, et les ombres des six corps sont projetées sur les murs, où sont suspendus des vêtements. Le spectacle, conçu en trois parties, souligne la fragmentation à plusieurs niveaux. Chaque partie fait évoluer sur scène les danseurs dont les déplacements ne convergent jamais, mais accentuent leurs gestes fracturés, avec une emphase dans le mouvement de différentes parties du corps au lieu du corps comme un tout harmonieux.

Les trois femmes sont pieds nus, les cheveux lâchés, avec un tablier à la taille. Par terre, les trois hommes sont allongés sur le dos. L'un d'eux a une jambe enveloppée dans un plastique transparent et il ne peut pas bouger. Un autre tente de se lever, en vain. Je note qu'il y a trois Rosa Faúndez sur scène et je regarde à nouveau la vidéo. Je l'ai déjà beaucoup regardée, mais il y a quelque chose dans ces images, peut-être la musique, peut-être ce murmure que je n'arrive pas à déchiffrer, qui m'émeut. C'est seulement après des dizaines de visionnages, alors que je connais désormais chaque mouvement, chaque saut de la chorégraphie, que je découvre où ils se trouvent. La scène est installée devant les portes du musée national des Beaux-Arts, et à côté, à peine à quelques mètres, coule lentement le Mapocho.

Il n'y a pas de mots dans ce spectacle. Pas de jalousie. Pas de colère. Ni d'amour. Juste ce susurrement et ces corps, ces mains. D'abord deux, puis quatre et, à la fin, les six mains des femmes formant de sombres apparitions sur les murs. Au bout d'un moment, elles s'arrêtent d'un coup. Rien ne bouge sur les planches. Les hommes sont toujours cloués au sol. Et les femmes, parfaitement immobiles, les contemplent de haut. Alors s'élève une rumeur, des tambours, un sifflement très aigu. Et, dans un geste brusque et coordonné, les trois danseuses sautent et fouettent avec violence la paume de leurs mains sur la scène. Puis elles se redressent face au public. Les trois Rosa Faúndez, perplexes, observent la paume de leurs mains. Elles les examinent avec attention, suspicieuses, comme si elles avaient du mal à croire ce qu'elles voyaient. Comme si, également, elles pensaient : cette femme, c'est donc moi.

GEO

Correccional de Mujeres, s

Co

por sentencia ejecutoria

~~ella~~ condenada a la pen

delito de homicidio.

prisión, es decir que

mi libertad condicio

V.E. vengo en solic

plir mi condena, h

a) cometí mi del

bien no fué acog

aceptado, el mom

...dicos qu

« S'approcher du silence »

MARÍA CAROLINA GEEL

María Carolina Geel choisit, cet après-midi-là, des créoles, un bracelet en argent, son long manteau beige, et mit dans sa poche un paquet de cigarettes ainsi que le lourd revolver qu'elle avait acheté quelques jours auparavant. Elle quitta son appartement du centre de Santiago et se dirigea à pied, d'un pas tranquille, vers le salon de thé de l'hôtel Crillon.

À l'intérieur de l'immense salon, entre nappes blanches, lustres en verre et services en porcelaine délicats, l'attendait le jeune Roberto Pumarino, vêtu d'un costume-cravate. Ils s'étaient rencontrés cinq ans plus tôt à la Caisse nationale des fonctionnaires et journalistes, où Geel était la seule sténodactylo, et Pumarino, un homme marié qui la courtisait à grand renfort dc sourires et de cadeaux. Au bout d'une certaine période d'attentions soutenues et une fois Pumarino séparé, commença entre eux une relation qui durerait, sans vagues particulières, jusqu'à ce 14 avril 1955.

Ce jour-là, comme tant d'autres, Roberto et Carolina s'embrassèrent avec tendresse et choisirent de s'asseoir dans un coin, à l'écart du brouhaha du restaurant. Geel tournait le dos à la bourgeoisie bruyante de Santiago qui se réunissait habituellement à l'hôtel, et Pumarino s'installa à l'étroit entre la table et le mur. Ils décidèrent de commander du thé avec des pâtisseries, des fruits, des confitures et du pain, et bavardèrent tout bas au milieu du vacarme de voix et de rires. À la table voisine, l'écrivaine Matilde Ladrón de Guevara feignait d'écouter ce que lui racontait sa sœur Lucía, tandis qu'elle épiait, du coin de l'œil, le couple discret. Elle avait reconnu Geel, autrice elle aussi, mais préféra ne pas la déranger. Quelques jours plus tard, interrogée sur ce qu'elle vit et entendit dans le salon animé, Ladrón de Guevara déclarerait que quelque chose dans le visage de Geel la perturba : « Son étrange physionomie trahissait un sentiment fort, puissant, comme celui d'une personne obsédée », noterait le greffier.

Pourtant, Geel n'éleva pas la voix cet après-midi-là. Ronaldo Fuentes, le garçon qui servait à leur table, n'entendit pas le couple se disputer, et les témoins ne perçurent aucun signe de tension. D'ailleurs, Roberto Pumarino dut croire que sa compagne, son « enfant » chérie, allait sortir une cigarette, peut-être un mouchoir, ou un crayon pour noter une idée, mais certainement pas le revolver belge calibre 6.35 qu'elle prit dans sa poche et pointa droit sur lui. Geel appuya sur la gâchette et vida le chargeur. Cinq balles précises. Roberto Pumarino, vingt-huit ans, mourut sur le coup.

Ensuite, parmi les cris de panique et les sanglots, María Carolina Geel se leva, livide, et contempla en

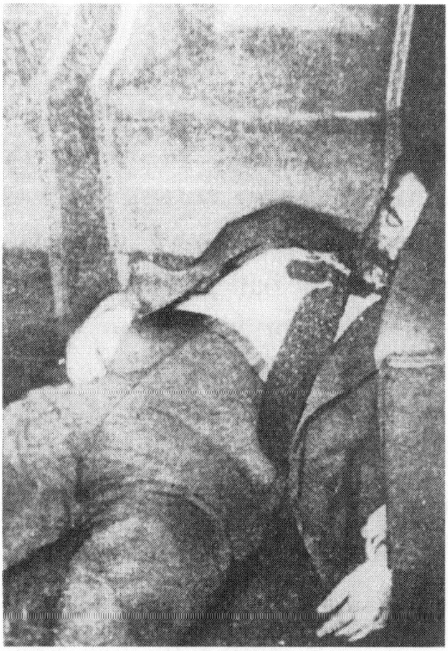

silence la scène de crime. Comme si les coups de feu avaient ouvert une brèche dans le temps et l'espace, elle ne sembla entendre rien d'autre que sa propre respiration. « L'écrivaine, décrivit un article de la revue *Vea*, sans prononcer un mot, sans activer un seul muscle de son visage, comme si elle était absente, demeurerait debout face au chapitre le plus tragique du roman de sa vie. »

Autour d'elle, personne ne bougea avant que les journalistes et photographes ne fassent irruption dans la pièce avec fracas. Ils étaient habitués à retrouver au Crillon des célébrités locales et il leur fallut à peine quelques minutes pour arriver. Munis de gros appareils avec flash, les photographes saisirent le corps ensanglanté de Roberto Pumarino, yeux clos, tête inclinée, cravate tordue, bras ballants. Et ils obtinrent, également, des images impressionnantes de la meurtrière : stoïque, comme si elle déambulait seule dans un décor très lointain. Les journalistes, à l'inverse, restèrent frustrés. Près du cadavre, Geel semblait ne pas écouter leurs questions et accusations. « María Carolina Geel répondait uniquement par monosyllabes saccadées », raconta, déçu, un reporter de *Clarín*. « Elle n'a pas révélé le mobile exact de son crime », ajouta un autre dans *Las Últimas Noticias*.

L'écrivaine fut escortée par la police jusqu'à une voiture et transférée immédiatement au commissariat le plus proche. Sur le trajet eut lieu le premier de nombreux interrogatoires. Nom. Profession. État civil. Âge. « Quatre-vingt-huit ans, quarante et un, cent seize », répondit Geel, les yeux dans le vide. Et son regard demeura ainsi face à la question la plus difficile et la plus importante. *Pourquoi ?* Une question qu'on lui répéterait pendant des mois et à laquelle elle refuserait obstinément de répondre.

[Journal du silence]

J'ai entre mes mains la décision de justice à l'encontre de María Carolina Geel. Les pages sont cousues avec du fil tressé et parsemées de taches d'encre noire, à chaque apparition de la lettre « l », à cause d'un défaut de machine à écrire. J'ai mis des semaines à trouver ce dossier. En morceaux, m'a-t-on prévenue. Égaré, détruit, inondé. Et pourtant, il est là. Je lis les noms gravés sur la couverture, l'autre identité de Carolina aux yeux de la loi : Georgina Silva Jiménez. Mais ma nervosité me

trahit vite et je tourne les pages, en quête d'un signe. Moi aussi, comme les journalistes et les policiers, je veux découvrir son secret, sa vérité. Je parcours la première page, la deuxième, la troisième. C'est comme avancer dans une pièce plongée dans l'obscurité, avec la certitude qu'il y a quelqu'un à l'intérieur, à un pas, à peine, puis un autre, et encore un autre.

Quarante et un ans avant cet après-midi d'avril, María Carolina Geel était née sous le nom moins littéraire de Georgina Silva Jiménez. Benjamine d'une fratrie de six, son enfance n'avait pas été facile après la mort précoce de son père et la faillite de sa famille. À quinze ans, mue par l'urgence de quitter la maison, elle épouse Pedro Echeverría, son premier mari, avec qui elle aura un fils unique. Un mariage malheureux, selon l'écrivaine, et qui capotera à cause de multiples désaccords, d'après Echeverría. Au lieu de se séparer et de redevenir libre, comme le permettait alors une manœuvre légale, Georgina décida de retenter l'aventure. Mais après cinq mois de cohabitation désastreuse, elle annula cette deuxième union, rangea son alliance dans un tiroir et se jura de ne plus jamais refaire cette erreur.

Pendant ce temps, elle écrivait sans arrêt. Avant le meurtre, elle avait publié trois romans, ainsi que l'essai important *Siete escritoras chilenas*[1], dans lequel elle étudiait l'œuvre de ses contemporaines comme Gabriela Mistral, Marta Brunet et sa préférée, María Luisa Bombal. Elle était par ailleurs sténodactylo et secrétaire, et signait des chroniques et des critiques dans plusieurs suppléments littéraires. C'était, à l'évidence, une femme indépendante et moderne, une figure publique du milieu culturel et, désormais aussi, du jour au lendemain, une meurtrière.

Le crime de l'hôtel Crillon, comme il fut baptisé par les journaux, bénéficia d'une couverture médiatique exceptionnelle. Dès le premier instant, la presse consacra de longs reportages à l'homicide, même si elle se heurta à l'impossibilité d'obtenir la moindre déclaration de l'accusée. Geel ne dit pas un seul mot aux journalistes, ni avant ni pendant son procès très couru. Et elle garda le même silence dans la salle du tribunal. Tout au long de la procédure, Carolina Geel fut interrogée par des policiers, greffiers, magistrats,

1. « Sept écrivaines chiliennes ».

avocats, et par une vaste équipe de psychologues et de psychiatres. Chaque fois, l'accusée répondit complaisamment à leurs questions : elle décrivit sa routine quotidienne d'écrivaine, sa relation avec Roberto Pumarino, les causes de ses deux séparations et même l'état précaire de ses finances. Elle parla sans retenue de tous les domaines de sa vie, sauf d'un : l'assassinat. « L'accusée refusa d'abord de répondre, puis finit par dire qu'elle ne savait pas pourquoi elle avait commis le crime ; elle s'exprima toujours avec des phrases hachées et de façon vague », conclut un des considérants du jugement.

Le meurtre de Roberto Pumarino fut présenté par Geel comme un insondable mystère. Devant le juge et les greffiers, l'autrice répondit par des formules évasives, puis face aux questions insistantes des journalistes, elle refusa de révéler les raisons de son acte. Mais l'hypothèse d'un crime sans mobile, d'un assassinat perpétré par une femme en l'absence de toute provocation, restait inimaginable pour la société chilienne des années 1950. La presse à sensation, passant outre le mutisme obstiné de Geel, en tirerait ses propres conclusions. « Elle a tué, folle d'amour », titra le lendemain du meurtre le journal *Clarín*. Et la revue *Vea* enfonça le clou : « Épilogue dramatique d'une histoire d'amour ».

En quelques heures, et sans tenir compte du silence de l'accusée, tous les journaux se rejoignirent sur les mobiles du crime : amour, jalousie, folie. Un récit prêt à être raconté sans aucune preuve et qui traversa le temps comme une vérité incontestable sur le crime de l'hôtel Crillon. Aujourd'hui encore, quand cette affaire est évoquée dans des reportages ou des documentaires, les mêmes sentiments resurgissent. Inscrites dans le corps des femmes à force de répétitions, la jalousie et la folie fonctionnèrent avec une efficacité écrasante quand il fallut fournir une explication à un meurtre aussi violent. Oubliant leur ligne éditoriale, les médias décrivirent une femme désespérément amoureuse, jalouse à cause de la présence d'une amante, et instable au point d'appuyer sur la gâchette sans raison. La revue *Vea*, quelques jours après les faits, publia l'article suivant sur le crime : « Les choses n'arrivent pas par hasard. C'est l'époque dans laquelle nous vivons. Les femmes ne prennent plus de vinaigre pour paraître défaillantes devant l'homme qui les trompe, mais elles saisissent un revolver et abattent les odieux infidèles. »

L'article reflète parfaitement les préoccupations des années 1950. Une époque agitée où, à peine trois ans auparavant, les femmes avaient voté pour la première fois à l'élection présidentielle et accédaient désormais rapidement à des métiers qui jusque-là leur étaient hors de portée. Au cours de la décennie précédente, le féminisme avait envahi le débat public et María Carolina Geel, une femme active, séparée, écrivaine et, pour couronner le tout, violente, incarna les craintes les plus profondes que l'émancipation féminine pouvait susciter dans le pays : la présence de femmes armées.

Dans ce contexte, et pour expliquer un acte violent présenté comme inexplicable, au sujet duquel l'accusée refusait de prononcer le moindre mot, la presse se tourna, comme dans le cas de Corina Rojas, de Rosa Faúndez et de tant de nos contemporaines, vers l'amour. Quoi de mieux que l'amour et sa manifestation, la jalousie, pour banaliser non seulement la meurtrière, mais aussi la femme indépendante et séparée qui refusait de s'expliquer sur son comportement criminel ? Il y a même des allusions à la *femme fatale*[1] dans l'inlassable normalisation promue par la presse, lèvres rouges, passion, coups de feu, et physique séduisant de l'écrivaine : tout correspondait au cliché, à l'incarnation même de la peur masculine d'une sexualité féminine hors de contrôle.

Le juge Aliro Veloso, cependant, ne fut pas satisfait de cette explication. Après avoir soupesé les arguments de l'accusation et de la défense et avoir lu la presse, il exigea de nouveaux éléments de preuve. Il avait besoin d'un peu plus qu'une supposée crise de jalousie pour condamner Georgina Silva Jiménez pour l'homicide qui avait taché de sang le salon où lui-même allait prendre le thé certains après-midi d'automne. Que María Carolina Geel, modèle de femme moderne, abatte un homme, puis refuse d'avouer son mobile, était simplement inacceptable. Le juge, quoi qu'il en coûte, obtiendrait des aveux.

[Journal du silence]

Je tente de m'en tenir aux mots et de spéculer le moins possible, mais à mesure que je m'enfonce dans le jugement, je perds le fil de sa voix. Je tente d'imaginer ce qu'a éprouvé Geel quand elle a appuyé sur la gâchette

1. En français dans le texte.

et je me demande si je pourrais faire la même chose. Inquiète, je recopie dans mon cahier son dossier médical. « La psychose d'une tante maternelle, morte, dit le juge de manière accusatrice, le suicide d'une cousine de la mère et la réclusion d'une autre cousine. » Et le cas d'Elia, sa sœur, « qui a souffert de psychose et a dû être hospitalisée ». Ses antécédents familiaux la condamnent. Des femmes étranges, déprimées, enfermées. Le crime en germe dans le sang, suggèrent les avocats et les proches, mais leurs hypothèses ne me suffisent pas. Ma liste de mobiles a beau s'allonger, pas une ligne de ce jugement ne me convainc. Pas plus sa déroute que sa confusion. Je crains, plus que jamais, de conclure ma recherche sans avoir de réponses.

Georgina Silva Jiménez déclara tout au long du procès qu'elle n'avait pas planifié le meurtre, n'avait pas de raison particulière de commettre un crime, envisageait peut-être d'attenter à sa propre vie, n'avait jamais été désespérée mais, en effet, se sentait très malheureuse. La décision de justice prouve qu'il ne fut pas possible de percer les vraies causes de son comportement. C'est pourquoi le premier verdict est si déconcertant. Après avoir décrit l'accusée comme une femme de quarante-deux ans, célibataire, écrivaine, sans antécédents judiciaires, le jugement annonce qu'elle a avoué. C'est-à-dire, selon la définition juridique des aveux, que Geel aurait reconnu, à ses dépens, la vérité sur le crime.

Mais, au sens strict, Georgina Jiménez n'a jamais avoué. Elle n'a jamais révélé les raisons de son homicide. Prononçant une simple syllabe, elle s'est juste contentée d'admettre qu'elle l'avait commis. Qu'elle avait commis un crime dans un lieu public, en plein jour, devant des dizaines de témoins. La question du magistrat fut la suivante : « Avez-vous tiré sur Roberto Pumarino ? » Et la réponse de Carolina fut : « Oui. » Cette affirmation, même si le juge prétend le contraire, même s'il a désespérément besoin d'un mobile et d'une explication, ne constitue pas pleinement une confession. Ce petit oui ne révèle pas la vérité de Geel. Une vérité qui, aussi subjective et fragile qu'elle parût, était cruciale pour justifier un futur châtiment.

Le philosophe français Michel Foucault raconte un cas semblable pour illustrer l'importance de l'aveu dans le procès pénal moderne. Un homme accusé de meurtre se présente au tribunal pour entendre sa condamnation. Comme Geel, il admet être l'auteur du délit d'homicide et assiste au procès pour être informé de sa peine. Mais les juges exigent beaucoup plus que cette reconnaissance : ils veulent que l'homme révèle ses raisons. Ils l'interrogent, haussent le ton, s'exaspèrent, mais n'obtiennent de lui qu'un silence inébranlable. Et ce mutisme, identique à celui de Geel, pose un problème au tribunal. « Pourquoi ? s'interroge Foucault. Est-ce parce que le sujet garde le silence sur les faits, sur les circonstances, sur les causes immédiates du crime ? » « Non, répond-il. L'accusé esquive une question qui est essentielle pour le tribunal moderne : Qui êtes-vous ? »

La réponse à cette interrogation, simple en apparence, était également fondamentale dans l'affaire Geel. Car le juge, pour rendre sa décision, avait besoin de tisser un lien psychologique entre l'accusée et l'homicide. Dans le tribunal moderne, comme l'explique Foucault, ce n'est plus seulement l'acte délictueux qui est jugé, mais le sujet criminel. Et il est important que ce sujet révèle son mobile, exprime son intention de se repentir, reconnaissant ainsi la validité de la loi qui le punira. Quiconque passe aux aveux non seulement admet avoir commis un délit, mais cautionne sa propre condamnation. S'autopunit, selon Foucault, et réaffirme par conséquent la légitimité de tout l'appareil punitif. Geel, en revanche, résiste à ces aveux complets. Son ambiguïté et son silence empêchent de la relier psychologiquement à l'assassinat de Pumarino, obligent à éluder la question du repentir et, donc, à ne pas reconnaître la loi qui punit. Quand il l'interrogea, le juge n'obtint pas de réponse à la question fondamentale : Qui êtes-vous, qui est Georgina Silva Jiménez, qui est María Carolina Geel ?

Si à cette résistance on ajoute le profil particulier de la victime, le jeune Roberto Pumarino, la transgression de Geel est encore plus grave. Geel a assassiné à l'hôtel Crillon un homme de vingt-huit ans, c'est-à-dire beaucoup plus jeune qu'elle, de la classe moyenne, veuf depuis peu, employé à la Caisse nationale des fonctionnaires et des journalistes et père d'un enfant de six ans. Les témoins, pendant le projet, n'hésitent pas à décrire Pumarino comme un « employé modèle et travailleur », un « honnête homme » et un « collègue exceptionnel ». Comme David Díaz Muñoz dans l'affaire Corina Rojas et Efraín Santander dans celle de Rosa Faúndez, Roberto Pumarino est qualifié d'honnête homme, fiable, bon travailleur et père exemplaire, ce qui l'apparente à une figure fondatrice du système judiciaire chilien et d'une bonne partie des législations du monde entier : le bon père de famille, gentil et raisonnable par définition.

Une référence supposément universelle et validée par l'ensemble des habitants de la République, hommes ou femmes, avec ou sans enfants. Pour toute affaire, le juge a l'obligation d'évaluer la conduite par rapport à cet idéal et de formuler la question suivante : Comment aurait agi un bon père de famille ? Dans le cas du Crillon, c'est cette figure, « le meilleur employé de la Caisse », « remplissant fidèlement ses obligations », qui semble le plus accablante pour une femme. Et le fait que María Carolina Geel, adversaire déclarée du mariage, abatte le bon père de famille, puis refuse de révéler les raisons de son geste est une insubordination impardonnable. N'ayant pas recueilli d'aveux et contraint d'obtenir une explication sur le meurtre, le juge Aliro Veloso se tourne vers un autre domaine : la psychiatrie.

[Journal du silence]

Dans les lettres d'imprimerie de la décision de justice, je trouve la déclaration d'Adriana Silva, la sœur de Carolina Geel. Elle évoque avec tendresse le caractère « doux et gentil » de Georgina, même si elle reconnaît qu'elle « était déçue par la vie ». Georgina lui avait confié qu'elle ne dormait plus depuis des semaines et que, pendant une longue période, elle avait eu les poings serrés. Quoi qu'elle fît, Carolina ne pouvait pas détendre ses doigts. Ses ongles étaient plantés dans les paumes de ses mains, ses articulations étaient de plus en plus blanches, ses veines, sur le point d'éclater. « Elle était désespérée à l'idée qu'elle pouvait rester comme ça », constate Adriana, et je m'aperçois que je lis, assise au bord de ma chaise, les doigts crispés. Les manières de cacher le désespoir sont infinies.

Georgina Silva Jiménez fut soumise à des dizaines d'examens médico-psychologiques tout au long du procès. Elle-même, des mois plus tard, décrirait ce moment avec une lucidité impressionnante : « des examens qui prétendaient situer l'origine de mon acte », noterait-elle. D'interminables séances d'entretiens et de tests physiques et mentaux qui la déprimaient et engendraient encore plus d'incertitude. Après l'avoir auscultée et avoir exprimé les théories les plus farfelues, les experts n'arrivèrent jamais à la même conclusion.

Le médecin légiste de l'institut médico-légal, Francisco Beca, fidèle admirateur de Sigmund Freud, déclara que Georgina Silva Jiménez était un cas évident de « personnalité hystérico-dépressive ». Voici ce qu'il identifia en elle : « forte impulsivité instinctive, surtension agressive, explosivité, faible maîtrise de ses impulsions et tendance à se rebeller contre les normes établies ». Il en conclut qu'il s'agissait, sans aucun doute, d'une femme pénalement irresponsable. Le docteur Claudio Molina désapprouva cette analyse et affirma, dans un diagnostic concis, que l'homicide était « psychologiquement imputable à l'accusée » et qu'il n'observait « aucune trace de folie ou de démence ». Quant au docteur Hugo Montiel, il s'obstina à incriminer les hormones de l'écrivaine et déduisit que Geel n'était pas loin de la ménopause, ce qui expliquait que « les mécanismes supérieurs de régulation cérébrale avaient été incapables de freiner ses réactions instinctivo-impulsives ».

Chaque nouvelle intervention recourt à un langage de plus en plus hermétique, à des termes techniques qui annulent toute possibilité de comprendre le crime. On cherche désormais le mobile de l'assassinat, scrupuleusement éludé par Silva Jiménez, dans ses traits physiques, ses hormones ou dans de malheureuses réactions chimiques. N'ayant pas obtenu d'aveux, le juge Aliro Veloso veut trouver dans le corps ce que la parole a nié.

La presse perçut ce tournant judiciaire et y vit une source de frictions entre médecins et avocats. « La jurisprudence s'associe avec la science de la psychiatrie moderne dans une décision de justice qui suscitera sans aucun doute des commentaires dans les milieux judiciaire et médico-légal », écrivit avec enthousiasme un journaliste de *Clarín*. Mais l'avocat général, Benjamín Montero, se montra moins optimiste et dénonça publiquement le dangereux pouvoir qu'avaient acquis les médecins : « Ils sont en train de dicter le jugement », déclara-t-il, irrité, aux journalistes.

Le procès de Silva Jiménez ne serait pas le premier à provoquer des tensions entre deux champs de connaissance portant sur les définitions, les diagnostics et l'exercice du pouvoir. À la fin de sa conférence au Collège de France, Foucault entreprend une révision du lien entre le droit et la psychiatrie, recherchant le moment exact où cette dernière a fait irruption dans les tribunaux. Et sa découverte est révélatrice, autant pour cette affaire que pour examiner les racines profondes de l'association problématique entre femmes, folie et malveillance.

Pour Foucault, la psychiatrie aurait intégré les procès en France dans quelques affaires au XIXe siècle. Des meurtres qui, par leurs caractéristiques, furent considérés à leur époque comme des attentats contre la loi pénale, et également contre les lois de la nature. Des étranglements, des démembrements et autres homicides perpétrés dans leur majorité contre des enfants par des délinquants novices, avec peu de probabilités de récidive, et qui auraient conduit la médecine à proclamer à voix haute l'existence d'une nouvelle maladie : la pathologie du monstre. Ce qui est saisissant dans ces cas, selon Foucault, c'est leur violence et leurs victimes inhabituelles, mais le philosophe ne s'attarde pas davantage sur un point encore plus exceptionnel : la prolifération des femmes criminelles. Le sexe du monstre, curieusement, était féminin. La psychiatrie serait entrée dans les tribunaux français lors d'affaires emblématiques de femmes meurtrières.

Lorsqu'elle examina Geel et détecta en elle différentes manifestations et différents degrés de démence, la psychiatrie soutint l'opération entreprise par la presse, qui avait qualifié l'autrice de « folle d'amour » et son crime de « monstrueux ». Muni des résultats des examens, un chœur harmonieux de journalistes et de médecins annonça au public chilien qu'il n'y avait pas à s'inquiéter. La tueuse de l'hôtel Crillon n'était pas une femme *normale*. Il n'y avait donc aucune raison de craindre toutes les femmes. Geel, selon ce puissant récit, n'était pas saine d'esprit au moment de son acte, ou n'avait pas voulu agir comme elle l'avait fait. Le lien entre féminité et danger demeurait stratégiquement brisé grâce à l'irruption de la folie. Cette séparation bien pratique ne servirait pas seulement à apaiser l'angoisse des lecteurs : quel meilleur argument qu'un déséquilibre mental pour que l'avocat de Geel demande sa remise en liberté immédiate ?

Malaquías Concha, célèbre homme politique et défenseur de Silva Jiménez, avait sur son bureau un total de six diagnostics établis par des médecins. Deux décrétaient que Geel était folle, deux se montraient indécis et deux affirmaient sa responsabilité. Sans hésiter, l'avocat choisit les deux rapports les plus favorables à sa cause. Dans une plaidoirie passionnée, Concha expose que sa cliente a agi cet après-midi-là, totalement privée de raison. Il affirme que cette folie s'est manifestée bien longtemps avant le crime, à travers sa dépression et ses tentatives de suicide, présentant, en guise de preuve, les journaux intimes de Carolina Geel aujourd'hui aux archives de la Bibliothèque nationale du Chili. Au cas où cet argument ne serait pas convaincant, l'avocat affirme, sans être gêné par ses propres contradictions, que Geel n'était pas folle avant, mais qu'elle a commis le crime, mue par une force irrésistible et temporaire : un coup de tête. Ce qui a déclenché ce coup de tête ? Pour répondre à cette question, l'avocat recourt à la source inépuisable de toute explication sur un crime perpétré par une femme : l'amour et la jalousie. Même si le frère de Pumarino en personne déclara au cours du procès qu'elle « voulait le quitter et qu'il lui courait après », même si plusieurs collègues de travail confirmèrent qu'elle « refusa la demande en mariage de Pumarino », et que « ce refus causa chez lui un fort chagrin », l'avocat n'eut aucun mal à affirmer que c'était Geel qui était quittée. Malaquías Concha tisse un récit sans grands fondements mais profondément ancré dans l'imaginaire collectif, et raconte dans sa plaidoirie que la crise de folie éclata quand Pumarino avoua à Geel qu'il voulait épouser une autre femme.

Il n'apporte aucune preuve de ce qu'il avance, ce n'est pas nécessaire. La presse avait déjà accompli le travail, répétant une série d'archétypes féminins : la femme folle, la femme jalouse, la *femme fatale*[1]. L'avocat, peut-être malgré la volonté de sa cliente, utilise une autre « astuce des faibles », et se sert de l'hystérie et de la passion pour éviter le châtiment. Sa stratégie, du moins au début, est payante.

La décision de justice en première instance admit l'hypothèse d'un coup de folie de nature passionnelle. Le juge fit remarquer que « le caractère anormal de l'accusée et sa personnalité psychopathique ont influencé sa volonté de commettre le délit. Par conséquent, sa responsabilité semble atténuée ». Selon le jugement, il s'agit d'un moment fulgurant de folie, raison pour laquelle l'acte fut qualifié d'homicide simple avec deux circonstances atténuantes. Cette qualification permit de condamner Georgina Silva Jiménez à seulement cinq cent quarante et un jours d'enfermement dans une maison de correction pour femmes. Par ailleurs, le juge écarta l'utilisation abusive d'armes, circonstance aggravante, à cause du sexe de l'accusée, et affirma qu'une femme, y compris une femme armée, ne pouvait pas, « à cause de son sexe et de sa morphologie, être avantagée par rapport à un homme ».

La réaction de la presse face à cette condamnation insignifiante ne se fit pas attendre. « Carolina Geel s'en sort bien », titra *Clarín* dans ses abondantes

1. En français dans le texte.

pages consacrées aux faits divers, et pour assurer à ses lecteurs que le meurtre n'avait pas été commis par une femme banale, ordinaire, le journal précisa : « L'accusée est anormale. »

Manifestement contrarié, l'avocat général fit appel. Et la cour, sous une pression croissante à cause de la publicité autour de l'affaire et de l'absurdité de la sentence, se vit obligée de réévaluer le premier jugement. Les membres de la cour d'appel de Santiago ordonnèrent de réaliser de nouveaux examens, qui, cette fois-ci, ne furent pas concluants. Le droit avait atteint ses limites et la psychiatrie aussi. Alors, dans un retournement inespéré, et qui ferait de ce procès un cas pratiquement unique au monde, les juges se tournèrent vers un nouveau domaine : la littérature.

[Journal du silence]

J'ai compté le nombre de fois où apparaît le mot « anormale ». L'ex-mari de Geel, Pedro Echeverría, a déclaré devant le juge que la vocation artistique et l'inquiétude de Caroline pouvaient être considérées comme anormales, et dans la décision de justice figurent, ajoutés à la longue liste des bizarreries de l'accusée, son état flottant, son pessimisme et son mépris du mariage. Je l'imagine seule, dans une pièce sans fenêtres, face à un médecin qui l'examine et lui demande : « Que voyez-vous sur la feuille, señora Georgina ? » Elle détestait sûrement qu'on l'appelle Georgina. Elle haïssait son vrai prénom et ses deux noms de famille, et tous ces docteurs, et cette tache si semblable à un papillon de nuit, à une chauve-souris, à un puits noir de sang. Le jugement ne dit pas ce qu'a vu Carolina Geel dans le test de Rorschach, mais il cite le résultat : « Une intelligence supérieure. »

Pendant son incarcération à la maison de correction El Buen Pastor, María Carolina Geel se consacra à ce qu'elle savait faire de mieux : écrire. Tant et si bien qu'elle acheva le manuscrit d'un texte qu'elle intitula, sans ironie aucune, *Cárcel de mujeres*[1]. Une question a dû la hanter, une fois apposé le point final : publier ou pas ?

Après une première condamnation plutôt dérisoire, et avec de grandes probabilités que l'accusée soit remise en liberté anticipée pour bonne conduite, l'avocat général et celui de la défense se retrouvent devant la cour d'appel. L'avocat de Geel semble confiant : « Elle sera acquittée ! » déclare-t-il aux journalistes avides. Sa confiance paraît justifiée. La cour confirme généralement le verdict de première instance. Par conséquent, en principe, l'écrivaine devra être libérée à peine trois mois plus tard.

Mais, dans cette affaire, jamais rien ne suivra son cours habituel. À ce moment d'optimisme, alors qu'elle s'apprête à fouler de nouveau les rues de Santiago, l'autrice choisit de publier, dans la prestigieuse maison Zig-Zag, la première édition de *Cárcel de mujeres*, une œuvre écrite en prison par une femme dont la santé mentale était sujette à caution.

1. « Prison de femmes ».

Après avoir lu le livre, l'avocat général décide immédiatement d'amplifier ses accusations. *Cárcel de mujeres*, explique Benjamín Montero, accrédite la thèse de la préméditation de Geel qui, dans un désir exhibitionniste, a tué Pumarino *pour* écrire son livre et accéder à une notoriété qu'elle n'avait jamais atteinte. « On voit souvent débarquer de jeunes existentialistes disciples de Jean-Paul Sartre, sales, la barbe traînant par terre, dans un lieu public. D'autres fois, monsieur le Juge, on voit des écrivains, comme María Carolina Geel, qui n'ont jamais réussi à briller dans le firmament littéraire et qui, pour rehausser leur prestige, se mettent en scène au premier plan. N'est-ce pas de l'exhibitionnisme ? » lance avec provocation l'avocat général.

Clarín se range à cet avis. « *Cárcel de mujeres* l'accable », titre le journal, adhérant à la théorie selon laquelle Geel était en quête macabre de popularité et qu'il ne s'agit pas du tout d'une crise de folie. Benjamín Montero ironisa même sur la prétendue maladie psychiatrique de Silva Jiménez : « Ses troubles mentaux n'ont pas duré longtemps, puisque quatre jours après avoir perpétré le crime elle a commencé à écrire son livre *Cárcel de mujeres* qui lui a rapporté pas mal d'argent, d'après ce que j'ai entendu. »

Ce qui est intéressant dans cette déclaration, c'est moins le ton moqueur que la référence temporelle : quatre jours. Une date qui n'est jamais évoquée dans la presse et ne fait pas partie des déclarations de Geel versées au procès. Il s'agit, en réalité, d'une allusion à la narratrice de *Cárcel de mujeres*. Dans sa plaidoirie et dans ses déclarations, Benjamín Montero n'hésite pas à confondre la voix de l'autrice et celle de la narratrice du livre, attribuant au texte littéraire le caractère d'aveux qu'il n'avait pas été possible d'obtenir dans les tribunaux.

Malaquías Concha, de son côté, se voit contraint de changer son fusil d'épaule. « Ma cliente n'est pas folle. Elle ne l'a jamais été et je ne l'ai jamais déclaré, affirme-t-il devant des journalistes sceptiques. J'ai toujours soutenu qu'au moment où elle a appuyé sur la gâchette elle a agi sur un coup de tête. » Concha est obligé de présenter la folie de Geel comme une crise passagère et il l'explique par l'amour. Il rappelle que María Carolina était « une femme quittée qui vivait la période la plus amère de sa vie », et face aux juges retenant leur souffle, il interroge : « Comment une femme pourrait-elle supprimer ce qu'elle adore ? » Mais l'avocat ne se contente pas d'abandonner sa thèse d'une affection psychiatrique de longue durée, il prend un risque encore plus important en offrant un exemplaire de *Cárcel de mujeres* au tribunal. Le livre, publié en 1956, intègre le dossier de l'affaire avec ses pages numérotées d'origine. La littérature se transforme ainsi en pièce à conviction.

Est-il possible que ni Geel ni Malaquías Concha n'aient envisagé ce scénario ? N'est-il pas étrange que le prestigieux avocat, dans l'attente d'un verdict *a priori* favorable, n'ait pas conseillé à l'écrivaine de différer la publication de son livre jusqu'à sa remise en liberté ? Pourquoi publier *Cárcel de mujeres* à un moment si sensible ? On ne peut qu'émettre des hypothèses. Georgina Silva Jiménez n'a peut-être pas supporté la stratégie de son avocat. Peut-être a-t-elle vu dans sa défense, bâtie sur sa prétendue instabilité mentale, une menace pour sa carrière littéraire. Ou peut-être s'est-elle sentie protégée par un précédent qui résonnait encore dans sa tête : le crime commis par l'écrivaine chilienne María Luisa Bombal, qu'elle admirait tant, et dont le jugement expéditif s'était conclu par un acquittement.

Quatorze ans plus tôt, à l'été 1941, María Luisa Bombal avait tiré à bout portant sur l'homme qui avait été son amour de jeunesse, Eulogio Sánchez, le blessant grièvement. Avant que tombe le verdict, des dizaines de lettres de soutien d'écrivaines et d'écrivains arrivèrent au tribunal, comme ce serait le cas pour Carolina Geel. Mais les coïncidences entre ces affaires ne se limitent pas au métier des deux femmes, à leur utilisation d'une arme à feu et à leurs réseaux littéraires. Bombal tira sur Eulogio Sánchez rien de moins qu'à l'entrée de l'hôtel Crillon, tachant de sang les escaliers que Carolina Geel emprunterait pour assassiner Roberto Pumarino, inaugurant sans le savoir une généalogie sanglante où les deux femmes se donneraient rendez-vous. Un rendez-vous de Carolina Geel *avec* Bombal et *à* Bombal, où elle-même et une de ses autrices préférées se retrouvent et jouent dans le même décor.

Comme le montre une chronique de l'écrivaine Alejandra Costamagna, l'hypothèse d'un *rendez-vous* littéraire et criminel n'est pas absurde. « Les protagonistes des œuvres de Geel et de Bombal semblent surgir des mêmes ténèbres », constate-t-elle, élaborant à partir d'une relecture de leurs livres des similitudes entre les deux écrivaines du même âge, pâles, aux lèvres rouges, aux cheveux noirs, et amatrices de coups de feu. Plus encore, il n'est pas insensé d'affirmer qu'en assassinant Pumarino, María Carolina Geel réécrit l'acte de Bombal et termine un crime inachevé. Ou bien qu'il s'agît d'un crime par imitation, d'un meurtre où une femme copie et reproduit, en guise d'hommage et d'appropriation, le délit perpétré par une autre. Geel s'est peut-être sentie protégée par la sentence qui avait laissé Bombal en liberté après qu'elle eut été déclarée irresponsable et décrite comme « une femme délaissée et plongée dans la dépression ». María Carolina Geel a peut-être pensé qu'écrire et publier ce livre les unirait pour toujours.

Je ne souhaite pas spéculer plus longuement sur les motivations de Geel et sur son obsession à l'égard de Bombal, mais j'échafaude ici une hypothèse quant au moment choisi pour publier le livre. Car Georgina Silva Jiménez était parfaitement consciente de ce que provoquerait sa parution. Elle avait d'abord perdu le contrôle après avoir été arrêtée par la police, puis en étant représentée dans la presse comme une femme anormale, et elle avait perdu la maîtrise de son corps en se retrouvant sous la tutelle de l'État et sous surveillance médicale permanente. Derrière les barreaux, Geel publie *Cárcel de mujeres* pour récupérer le contrôle sur le récit et revendiquer sa double autorité : littéraire et criminelle.

María Carolina Geel

María Luisa Bombal

Dans les années 1950 si conservatrices, être femme et écrivaine générait encore des résistances dans le cercle fermé des auteurs et éditeurs chiliens. Gabriela Mistral n'obtint le prix national du Chili qu'après avoir été couronnée par le prix Nobel de littérature, et Bombal elle-même dut faire appel à des éditeurs de Buenos Aires avant que ses livres circulent à Santiago. Bien plus tôt, sur le chemin rocailleux de la publication, d'autres écrivaines furent contraintes de recourir à des manœuvres sophistiquées pour voir leurs textes imprimés. Charlotte Brontë signa sous le pseudonyme de Currer Bell, Mary Ann Evans, sous celui de George Eliot et Aurore Dupin devint George Sand. Pendant des décennies, écrivaines et intellectuelles cachèrent leur identité derrière de concises initiales, de mystérieux anonymats ou des pseudonymes masculins

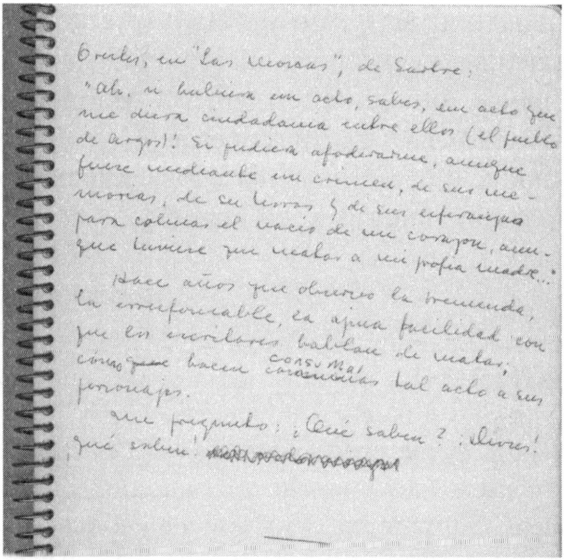
Orestes, en "Las moscas", de Sartre:
"Ah, si hubiera un acto, sabes, un acto que me diera ciudadanía entre ellos (el pueblo de Argos)! Si pudiera apoderarme, aunque fuese mediante un crimen, de sus memorias, de su terror y de sus esperanzas para colmar el vacío de mi corazón, aunque tuviese que matar a mi propia madre..."
Hace años que observo la tremenda, la inconfortable, la ajena facilidad con que los escritores hablan de matar; cómo hacen consumar tal acto a sus personajes.
Me pregunto: ¿Qué saben? ¡Necios! ¡Qué saben!

pour conquérir une légitimité tant désirée. Et il se passe quelque chose de très similaire avec la responsabilité criminelle.

Saisir un crayon et appuyer sur la gâchette ne sont pas des gestes si éloignés. Masquer sa féminité pour gagner une légitimité littéraire a une corrélation dans la sphère du crime féminin, où la responsabilité ne devient plausible qu'à partir d'une remise en cause stratégique, et même d'une négation, de la féminité de l'accusée : monstrueuse, masculine ou anormale. María Carolina Geel, selon le récit pernicieux des journalistes et des psychiatres, devait cesser d'être une femme, du moins une femme *normale*, pour acquérir le statut de meurtrière. Et, pour quelqu'un qui avait bataillé pour devenir une écrivaine et se faire un nom en littérature, c'était le pire des châtiments.

La publication de *Cárcel de mujeres* à un moment aussi critique et potentiellement préjudiciable paraît alors moins fortuite. Elle permet à María Carolina Geel de résister à ce récit d'anormalité, en suggérant la possibilité d'un acte commis par une femme violente et responsable : autrice d'un homicide et d'un livre.

[Journal du silence]

À ce stade, je connais très bien la sensation. Pour m'approcher des morts, je dois briser leurs mausolées jonchés d'objets et de papiers. Je pose le dossier judiciaire et me dirige dans le coin des archives où sont conservés les journaux et manuscrits des écrivains chiliens. Sur mon bureau s'accumulent des centaines de feuilles libres et de cahiers avec des pages arrachées. Geel dit avoir détruit plus de mille pages de ses journaux. Ces paragraphes sont donc des rescapés : phrases incomplètes et traductions de ses vers préférés dans lesquels je cherche, anxieusement, une vérité. J'ouvre au hasard un cahier vieillissant et une entrée, l'année 1988, écrite avec une encre d'une autre couleur et une écriture différente, suscite en moi un mélange de peur et de désarroi. Je pense que c'est un présage, et je copie la phrase en français dans mon cahier : « *En cherchant la vérité, il est tombé dans le puits qui la contenait*[1]. »

Cárcel de mujeres fut considéré comme une pièce à conviction par la cour d'appel. Et les magistrats, cette fois, n'étudièrent pas seulement le profil médical

1. En français dans le texte.

et psychiatrique de Georgina Silva Jiménez mais, surtout, le profil littéraire de María Carolina Geel.

Dans un long paragraphe sur la personnalité de l'accusée, les juges insistèrent sur son étrangeté et citèrent, comme preuve de cette anormalité, ses deux séparations, ses déménagements permanents, sa dépression, son mépris de l'ordre social, les rapports des spécialistes et « l'interprétation que font les psychiatres des personnages de ses œuvres littéraires à travers leurs problèmes sexuels et émotionnels ». La cour d'appel de Santiago, dans une stratégie sans précédents, évaluait de la même façon des événements de la vie de Silva Jiménez et la sexualité de ses personnages de fiction, analysés par les mêmes psychiatres qui, quelques jours plus tôt, avaient examiné les pupilles et la pression sanguine de l'insaisissable écrivaine.

Par ailleurs, la cour évoqua avec suspicion la passion de Geel pour la lecture : « Georgina Silva Jiménez se consacra à la lecture au moment où se produisit son déclin économique, souligna de manière accusatrice le jugement, et en se plongeant dans les livres elle fut victime d'un égocentrisme marqué. » Comme Corina Rojas et son amour pour le cinéma, ou Emma Bovary et sa relation passionnée aux romans, l'autrice de *Cárcel de mujeres* fut stigmatisée par sa participation solitaire à un acte si souvent subversif : la lecture.

La procédure judiciaire contre Geel deviendrait, après la publication de son livre, le procès le plus littéraire de l'histoire du Chili. Au tribunal défilèrent plusieurs écrivains et intellectuels, parmi lesquels le prix national José Santos González Vera et une des leaders féministes les plus célèbres du pays : Amanda Labarca. Tous deux témoignèrent « en faveur de la respectabilité de l'accusée et de ses bonnes manières », et racontèrent « sa vie angoissée et pleine de souffrances, et son travail littéraire en tant qu'écrivaine ». Mais le livre finirait par peser plus lourd que tous les témoins et serait déterminant dans le verdict.

Cárcel de mujeres est une œuvre singulière si on la compare aux journaux et témoignages personnels de la littérature écrite en prison. Autobiographie, essai, roman, journal intime, aucun genre ne semble contenir le texte unique de Geel. Un caractère hybride qui n'empêcha pas le succès commercial du livre, épuisé quatre fois au cours de sa première année de publication, et sujet de conversations à l'intérieur et à l'extérieur des cercles littéraires cancaniers.

La première édition de *Cárcel de mujeres* était précédée d'une longue préface du critique littéraire Hernán Díaz Arrieta, connu sous le pseudonyme d'Alone, un nom qui jouerait un rôle essentiel tout au long du procès de Geel. Alone publia une défense farouche de l'écrivaine dans les journaux, témoigna en sa faveur devant le tribunal et intervint pour obtenir sa libération. Ce n'était pas uniquement par générosité. Dans sa préface, le critique littéraire s'autoproclamait parrain de Geel et il se débrouilla pour que, jusqu'à aujourd'hui, on le croie à l'origine du livre. Dans une lettre qu'il lui envoie en prison et se chargerait de citer, Alone conseille à Caroline : « Écrivez, racontez, dites simplement ce que vous savez ; car même s'il s'agit de vous, vous ne savez pas tout. »

Ce ne sont plus les journalistes et les avocats qui désirent être les dépositaires des insaisissables aveux, mais le critique envahissant. D'après sa préface, *Cárcel de mujeres* n'aurait pas existé sans lui : un homme qui offrit son aide inestimable à une femme plongée dans une « résignation inerte, silencieuse, expiatoire ». Le critique tente de relativiser l'implication de Geel, voire de s'attribuer la paternité du texte. « On dirait que l'autrice a écrit, tenue par la main, les yeux fermés, note-t-il. Un travail quasiment d'hypnose fut nécessaire pour qu'elle se laisse faire et que ce court livre […] voie le jour. » La préface est plus qu'une innocente invitation à écrire. Alone considère l'écriture comme une rédemption et veut ardemment obtenir les regrets de l'accusée. « Dites votre vérité, lui ordonne-t-il, cela vous permettra d'expliquer votre acte. »

Mais, à ce stade, María Carolina Geel était une véritable experte pour esquiver les demandes d'aveux. Et face au critique littéraire le plus célèbre de l'époque, elle parvient, non seulement à esquiver la confession, mais également, à mon sens, à se servir d'Alone pour réintégrer le milieu littéraire.

Après des mois de procédure judiciaire et de querelles pendant lesquelles elle a été décrite comme instable et égocentrique, une femme folle et ambitieuse prête à assassiner pour vendre ses livres, l'écrivaine donne son aval à Díaz Arrieta afin de retrouver sa place en littérature. Depuis sa prison, Geel publie un livre soutenu par un critique important et élude avec succès aussi bien ses demandes d'aveux que ses exigences de rédemption. Et, trahissant les attentes de ses lecteurs, l'autrice s'attache à raconter des anecdotes de prison au lieu de parler de ce que les juges, les avocats, les journalistes et les citoyens attendaient : le meurtre.

L'héroïne et narratrice de *Cárcel de mujeres* est incarcérée au Pensionnat, une partie de la prison réservée aux détenues qui pouvaient se payer une cellule individuelle, située au deuxième étage de l'établissement qui fut sous administration religieuse pendant pratiquement tout le XXe siècle. De là, derrière une petite fenêtre, la narratrice observe, écoute et note. Dans un texte caractérisé par son ambiguïté, Geel se soustrait au statut de subordination propre à la vie carcérale pour assumer, par l'intermédiaire de sa protagoniste, la surveillance de la prison et adopter, comme le montre l'écrivaine Diamela Eltit, une position panoptique.

Les condamnées décrites dans *Cárcel de mujeres* sont examinées par l'œil implacable d'une narratrice qui étale tous ses privilèges pour mépriser, puis admirer les prisonnières les plus pauvres, qu'elle décrit comme ignorantes, belles, sauvages et pures. « Des anguilles voraces », dit-elle d'abord pour évoquer ensuite « un rire à la fois beau et plébéien ». Elle, l'héroïne sans nom, identifiée comme Geel elle-même, usurpe le rôle de gardienne pour juger ses compagnes et réaffirmer sa supériorité. Ou, si on paraphrase la philosophe Julia Kristeva, contamine les autres pour garder sa pureté.

Quelques semaines avant le jugement en appel qui sera prononcé sur sa personnalité et la préméditation du crime, chaque absence et chaque silence résonnent autrement. « Comment comprendre que cette connaissance de ce qui allait se passer était comme aveugle, sans connaissance ! » écrit confusément Geel qui mentionne ensuite, comme raisons de l'assassinat, la rivalité, le hasard, la ressemblance de la victime avec son frère mort et même ses propres désirs suicidaires. « Des faits qui semblent se former et se déformer, dit-elle, des questions qui glissent dans le vide. » Son attention aux bruits est également frappante. « Un murmure contenu, dense et sourd, de voix », « une cacophonie bourdonnante et douloureuse », « un hurlement qui s'amplifiait par vagues », écrit l'autrice, comme si le bruit incessant de la prison permettait d'étouffer ses coups de feu assourdissants.

[Journal du silence]

Roberto Pumarino avait demandé María Carolina Geel en mariage. C'est écrit dans le journal intime de Geel et les collègues de travail de Pumarino le confirment. Il lui a dit qu'il l'aimait, qu'il était veuf et que son petit garçon de six ans avait besoin d'une nouvelle mère. Pour appuyer sa demande, il envoya deux cadeaux à Carolina : un aspirateur électrique et une Cocotte-Minute. J'imagine Geel dans sa cuisine devant les paquets déballés. Je peux quasiment la voir marcher jusqu'à son bureau et rédiger la lettre de refus que je lis à présent dans le dossier : « Ma nature, mon caractère, mes goûts, mon âge, mon expérience sont contraires au mariage », écrivit-elle d'un trait furieux et pressé, tandis que dans sa cuisine et dans sa tête sifflait la Cocotte-Minute.

Cárcel de mujeres est un livre irrémédiablement pollué par le droit. Le relire soixante-dix ans après sa parution à la lumière de la décision de justice permet de le voir d'une manière différente. Ses ellipses et digressions sont habilement placées pour empêcher une cooptation de la part des juges et des avocats. Geel, semble-t-il, souhaitait que son livre exerce une influence sur le procès, du moins pressentit-elle que cela pouvait arriver et prit-elle les précautions nécessaires. Nous sommes, de toute évidence, en présence d'une écrivaine qui veut reprendre le contrôle, qui louvoie et se tait, pendant le procès et en dehors de celui-ci, alors que l'étalage et la parole pouvaient la mener au peloton d'exécution.

María Carolina Geel connaissait très bien le pouvoir fatal des mots. Cependant, même si visiblement elle organisa la publication de *Cárcel de mujeres*, l'autrice ne mesura pas que son livre lui causerait des problèmes à cause d'une autre transgression, aussi inavouable que le crime, et qui ferait l'objet d'un procès parallèle dans les pages des journaux : le lesbianisme de ses protagonistes et sa propre orientation sexuelle.

Des œuvres précédentes de Caroline Geel, *El Mundo dormido de Yenia*[1] (1946) et *Extraño estío*[2] (1947) lui avaient déjà valu le qualificatif d'écrivaine *étrange*, qui abordait une thématique « impropre à la femme ». La publication de *Cárcel de mujeres* renforcerait ce sentiment. Dans plusieurs passages du livre, l'autrice décrit

1. « Le monde endormi de Yenia ».

2. « Étrange été ».

des détenues qui expriment leur désir pour d'autres femmes et elle suggère même, après avoir raconté une rencontre sexuelle trouble entre deux prisonnières, que la narratrice éprouve aussi ce désir : « Ma respiration était légèrement haletante », note-t-elle. Sans mentionner le mot lesbianisme, Geel fait ouvertement allusion à l'homosexualité féminine, provoquant une réaction virulente dans le pays et un tournant radical dans la couverture de l'affaire.

À partir de la publication de *Cárcel de mujeres*, la question de la *vérité* sur le meurtre du Crillon, c'est-à-dire sur les motivations qui ont poussé Geel à tuer Roberto Pumarino, se déplaça à la *vérité* du récit littéraire : la présence de lesbiennes dans la prison et la possible homosexualité de l'autrice. « María Carolina montre des amours lesbiantiques [*sic*] entre les prisonnières, avec l'approbation des gardiennes », déclare *Clarín* dans un article révélateur sur l'incapacité de nommer un comportement qui ne devait pas être nommé et qui, de fait, était également invisible aux yeux de la loi. Car si, en 1955, l'homosexualité masculine était illégale à cause du délit de sodomie, aucun article, aucune réglementation, ne se référait ouvertement au lesbianisme, ce qui dans la pratique se traduisit par un vide juridique. Inconcevable, imprononçable et souvent mal orthographié, le lesbianisme était hors la loi, en dehors de la langue et, pendant très longtemps, à l'écart aussi de la littérature. *Cárcel de mujeres* briserait ces multiples exclusions.

La maison de correction El Buen Pastor était dirigée par des sœurs catholiques qui contestèrent vigoureusement la présence de « tels actes » dans la prison. « *Cárcel de mujeres* déclencha la colère des religieuses chiliennes qui appelèrent ouvertement au boycott de cet ouvrage écrit pendant la détention de l'autrice », publia *Clarín*. De leur côté, les prisonnières démentirent également le contenu du livre. « María Carolina a menti, affirma un quotidien, elle ne connaît pas nos "secrets". » Le journal cite le témoignage d'une détenue, María Ávila, surnommée María Patas Verdes dans le texte, et qui, dans une triste escalade d'accusations, pose la question de la sexualité de l'autrice : « Cette poétesse est déçue par les hommes, déclare-t-elle. Je crois que c'est elle qui est anormale, pas nous. »

Avec la sortie du livre et la réaction violente des sœurs et détenues en bruit de fond permanent, l'image de Geel finit par se craqueler. S'agissait-il d'une écrivaine victime d'un coup de colère ou d'une meurtrière égocentrique ? D'une romancière incomprise ou d'une lesbienne hors de contrôle ? Après avoir été décrite comme brillante et célèbre, Geel est qualifiée par les journalistes d'exotique, d'énigmatique et d'agressive, en plus d'être une « écrivaine au succès assez relatif », « qui n'a jamais atteint la renommée qu'elle espérait ».

Face à ce véritable retournement médiatique, aux répercussions juridiques imminentes, Malaquías Concha prend à la fois la défense de l'intégrité morale de sa cliente, et celle de la véracité de son œuvre. Sans une once d'hésitation, Concha déclare aux journaux : « Ce que dit María Carolina Geel dans le livre est *exact* : j'en ai autorisé la parution. » Et ce qui était *exact* selon l'avocat n'avait plus rien à voir avec le mobile du crime, mais avec le fait que les prisonnières avaient des relations sexuelles entre elles et que les religieuses les laissaient faire.

À ce moment-là, sans doute le plus sensible de toute la procédure, Geel décide de rompre le silence pour la deuxième fois après la publication de son livre et envoie aux médias, depuis sa prison, une lettre inattendue :

Santiago, 23 mars 1956

Monsieur le Rédacteur en chef : je dois faire une exception au silence absolu que j'ai gardé jusque-là au sujet de la publicité autour de ma personne [...] à propos d'une critique parue dans une revue sur mon livre intitulé Cárcel de mujeres. *[...] On fait beaucoup de bruit à propos d'un simple fait humain qui est le produit d'une époque, d'un contexte et surtout de causes biologiques étrangères à tout contrôle qui ne soit pas celui de la science, et qui par conséquent échappe aux actions et à la réglementation rigoureuse des religieuses. Les anomalies que j'ai pu observer parmi les détenues et qui sont une simple expression de la nature humaine infinie n'affectent en rien l'ordre et la surveillance très sévère qu'imposent les Mères. Plus encore, je suis totalement persuadée que de telles anomalies, sans l'influence morale des religieuses en question, c'est-à-dire sous une administration laïque, auraient des proportions bien plus alarmantes. Je vous remercie d'avance de votre attention et vous salue bien respectueusement.*

María Carolina Geel

La lettre, qui se veut explicative, ne peut que susciter des réactions. L'autrice et accusée choisit quand et où parler. Sa stratégie pour reprendre le contrôle consiste à se présenter comme une femme avec une position claire à l'égard de la polémique causée par son livre. Son texte ne semble pas celui d'une personne anormale, telle que l'a décrite son avocat, qui à ce stade doit être sur le point de renoncer à la défendre, surtout compte tenu de la date de cette lettre. Le courrier est en effet publié une semaine à peine avant le renvoi en cour d'appel et, avec les propres paroles de l'écrivaine comme élément probant contre elle, il devient difficile, pour ne pas dire impossible, de plaider l'irresponsabilité ou la folie pour demander sa libération. La lettre, par ailleurs, révèle d'autres stratégies de pouvoir. Comme elle le fait dans certains passages du livre, Geel soutient les religieuses chargées de sa propre surveillance, mais ne va pas jusqu'à se rétracter. Elle réaffirme, sans le nommer, l'existence du lesbianisme dans la prison, même si sa position est désormais plus hésitante. Geel tente de banaliser un phénomène qu'elle qualifie de « simple expression de la nature humaine infinie », tout en le décrivant comme « alarmant » et « anormal ».

Mais, au-delà de cette ambiguïté, il y a peu de doutes sur la pertinence de publier un livre et une lettre, tous deux rédigés par la plume lucide d'une femme saine de corps et d'esprit, juste avant un procès évaluant sa santé mentale. Geel, à la différence de Corina Rojas et de Rosa Faúndez, tourne le dos aux « astuces des faibles » identifiées par la critique

Josefina Ludmer. Elle ne veut pas se retrancher derrière la folie ou l'impulsivité, même si cela signifie pour elle la différence entre la liberté et le châtiment.

Après la publication du livre et en pleine polémique sur l'orientation sexuelle de Geel et de ses camarades de prison, la cour d'appel de Santiago ouvre ses portes pour entendre les plaidoiries des avocats. Malaquías Concha, vêtu d'un élégant costume gris, déploie chacun de ses arguments avec son grand talent d'acteur. À la fin de son intervention, les larmes font briller ses yeux d'un éclat furieux. Mais ses pleurs, que les journaux décrivent comme le point culminant d'une défense exceptionnelle, ne lui serviront pas beaucoup. L'inadaptation sociale de Geel comme femme et écrivaine, séparée de deux hommes à une époque où le divorce légal n'existait pas, qui publie des livres *bizarres*, avec des protagonistes lesbiennes, est utilisée par le juge pour aggraver son châtiment. Le magistrat démontre, dans une argumentation confuse, que son « indéniable personnalité psychopathique [...] ne l'a pas empêchée, à l'intérieur de ses conceptions sociales, de mener une vie ordinaire, de voir ses livres célébrés, comme le font remarquer des écrivains de renom et les critiques littéraires d'Alone, et de continuer depuis sa détention ». Il ajoute que d'après le test de Rorschach l'autrice possède une grande intelligence et, donnant quelques coups de marteau, décrète : trois ans et un jour.

L'avocat général a dû en rester pantois. L'écrivaine María Carolina Geel avait abattu de plusieurs balles, sans raison apparente, Roberto Pumarino, laissant son fils orphelin et l'opinion publique dans l'attente d'une condamnation exemplaire. Et non seulement elle avait publié un livre et envoyé une lettre depuis sa prison, mais elle écopait d'une peine dérisoire. Benjamín Montero fit un recours en cassation, estimant que le verdict était inférieur à celui exigé par la loi, mais la Cour de cassation ne voulait plus entendre parler de cette affaire et encore moins de l'essaim de journalistes qui suivait Geel partout. La plus haute juridiction de l'ordre judiciaire confirma la sentence et déclara le dossier classé le 11 juillet 1956. Georgina Silva Jiménez devrait passer trois ans et un jour dans le décor de son livre, la prison de femmes, et n'aurait plus le droit d'exercer de droits politiques à vie.

[Journal du silence]

> Cela fait des jours que je fouille dans ses papiers. Cherchant des éléments sur le crime, des traces de sa lucidité ou de sa folie. Je suis furieuse de tomber dans les mêmes pièges que les avocats et les juges. Penser que ce fut l'amour, l'orgueil ou l'impulsion macabre de sentir la mort dans ses mains. Alors que je prends des notes sur ses examens psychiatriques, j'ai un étrange pressentiment. María Carolina Geel a anticipé tout ce qui s'est passé après le crime. Le procès, sa condamnation, l'écriture en prison, et même que, des décennies plus tard, quelqu'un examine ses journaux intimes un matin d'été. Je pense, et j'en frissonne, que Geel a deviné que je viendrais. Je lis une phrase qui correspond à ses derniers mois de vie et je peux presque la voir ici, à côté de moi, dirigeant mes yeux vers le tracé tremblant de son écriture : « La vérité ne sera jamais donnée, me prévient-elle. Ni à toi, ni à eux, ni à moi. »

Ayant épuisé tous les recours judiciaires, il restait à Geel vingt-quatre mois de prison devant elle. Mais le meurtre de l'hôtel Crillon, une fois de plus, suivrait un chemin exceptionnel.

À peine le verdict énoncé, Manuel Rojas, l'auteur de *Fils de voleur*, alla frapper à la porte d'Alone en compagnie de l'écrivain anarchiste José Santos González Vera. Aucun des deux n'était un ami intime de l'écrivaine, mais ils demandèrent au critique, en sa qualité d'intermédiaire, de contacter au plus vite Gabriela Mistral, la poétesse chilienne prix Nobel de littérature. Seule une figure de son calibre et de son influence pouvait intercéder en faveur de Geel et obtenir une grâce présidentielle pour la faire sortir de prison.

Quelques jours après cette visite, le 13 août 1956, Gabriela Mistral envoya depuis New York, où elle était consule du Chili, le télégramme suivant :

Honorable Président,

Je viens implorer Votre Excellence de nous accorder une faveur importante, connaissant à la fois la piété et la magnanimité qui sont les vôtres, monsieur le Président.

Nous supplions respectueusement Votre Excellence d'accorder à María Carolina Geel sa grâce que nous, toutes les femmes latino-américaines, nous désirons. Ce sera un bienfait inoubliable pour nous toutes.

Puissiez-vous entendre cette requête que nous faisons, pleines d'espoir, et envoyer à vos servantes, qui attendent avec anxiété, votre réponse qui fut toujours noble et juste dans des affaires comme celle-ci.

Votre fidèle servante,
Gabriela Mistral

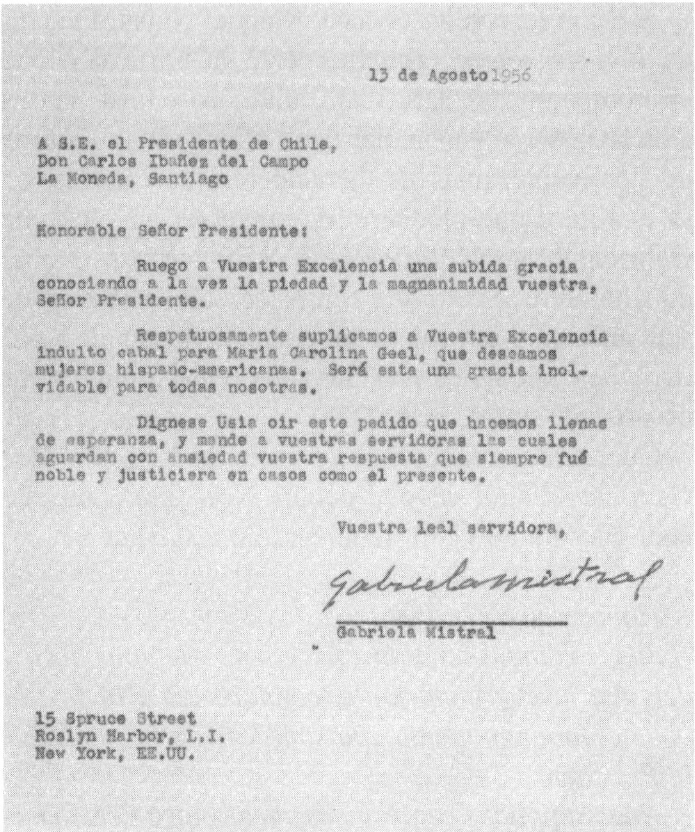

13 de Agosto 1956

A S.E. el Presidente de Chile,
Don Carlos Ibañez del Campo
La Moneda, Santiago

Honorable Señor Presidente:

Ruego a Vuestra Excelencia una subida gracia conociendo a la vez la piedad y la magnanimidad vuestra, Señor Presidente.

Respetuosamente suplicamos a Vuestra Excelencia indulto cabal para Maria Carolina Geel, que deseamos mujeres hispano-americanas. Será esta una gracia inolvidable para todas nosotras.

Dignese Usia oir este pedido que hacemos llenas de esperanza, y mande a vuestras servidoras las cuales aguardan con ansiedad vuestra respuesta que siempre fué noble y justiciera en casos como el presente.

Vuestra leal servidora,

Gabriela Mistral

Gabriela Mistral

15 Spruce Street
Roslyn Harbor, L.I.
New York, EE.UU.

Comme pour Corina Rojas quarante ans plus tôt, Mistral ne demande pas l'amnistie en termes purement individuels. Sans victimiser Geel ni invoquer sa maternité, contrairement à ce qui s'était passé pour l'appel en faveur de Rojas, Mistral tisse dans son télégramme un lien révélateur entre l'avenir de Geel et celui des femmes latino-américaines. Le destin d'une femme criminelle, d'une tueuse désormais célèbre, apparaît dans sa lettre, associé à l'avenir du sexe féminin. Et si son avenir nous concerne toutes, si sa libération serait un bienfait inoubliable pour nous, les femmes, cela signifie que quelque chose de la transgression a dû contaminer toutes les femmes. Celle qui tue, semble dire Mistral, ne tue jamais seule.

Avec cette brève intervention, la poétesse couronnée esquisse une relation puissante entre transgression et féminité, et sa lettre produit un effet immédiat. Depuis son bureau confortable dans le palais de La Moneda (où il finirait par la recevoir et prononcerait même son éloge funèbre), Carlos Ibáñez del Campo, ce général (qu'elle avait traité de « petit militaire » et de « milicien à grandes bottes »), qui avait promulgué une loi persécutant les vagabonds, les mendiants, les fous et les homosexuels, et suspendu des années auparavant la pension de Gabriela Mistral, lui répond dans les termes suivants :

Chère Gabriela,

J'ai hésité un instant sur la façon de m'adresser à mon illustre compatriote. Mais vos livres que j'admire créent une familiarité qui autorise ce traitement direct. Sachez, ma chère amie, qu'à l'instant où vous formulez une demande, celle-ci est acceptée et réalisée. [...] Considérez donc María Carolina Geel comme libre.

Grâce à l'intervention de la prix Nobel, sans doute l'autrice la plus *étrange* des lettres chiliennes, surnommée par l'universitaire Licia Fiol-Matta la mère *queer* de la nation et revendiquée récemment comme une icône du lesbianisme, l'autre écrivaine, Geel, quitterait sa cellule après un peu plus d'un an d'emprisonnement. Mais sa libération ne signifierait pas la fin des demandes d'aveux. Le juge avait échoué, les médecins n'avaient pas obtenu de réponse claire, et le livre ne proposait pas de pistes sur la vérité du crime. Cependant, Gabriela Mistral tenterait à son tour sa chance dans une lettre adressée directement à María Carolina Geel :

Chère collègue,

J'ai appris avec une grande joie l'heureuse nouvelle que m'a donnée notre président, mais je m'étonne de votre silence. Je suis une personne fataliste et, partant, je continue d'espérer une ligne de votre main, m'informant que vous êtes vraiment libre. [...]

Je dois vous poser une question : j'ignore totalement ce qui s'est passé et je crois peu les gens. Pour cette raison, ce n'est pas de la curiosité malsaine, et j'espère que ce sera vous qui me raconterez l'histoire de cette lamentable affaire. Je ne transmettrai ce récit à personne ; je vous le demande pour moi.

J'ignore même si vous êtes chilienne ou étrangère.

Soyez heureuse, chère collègue, et [...] n'oubliez pas de m'envoyer ce que vous écrivez.

Mes meilleurs vœux pour vous et les vôtres. N'oubliez pas de passer par chez moi si vous venez dans cette ville.

Gabriela

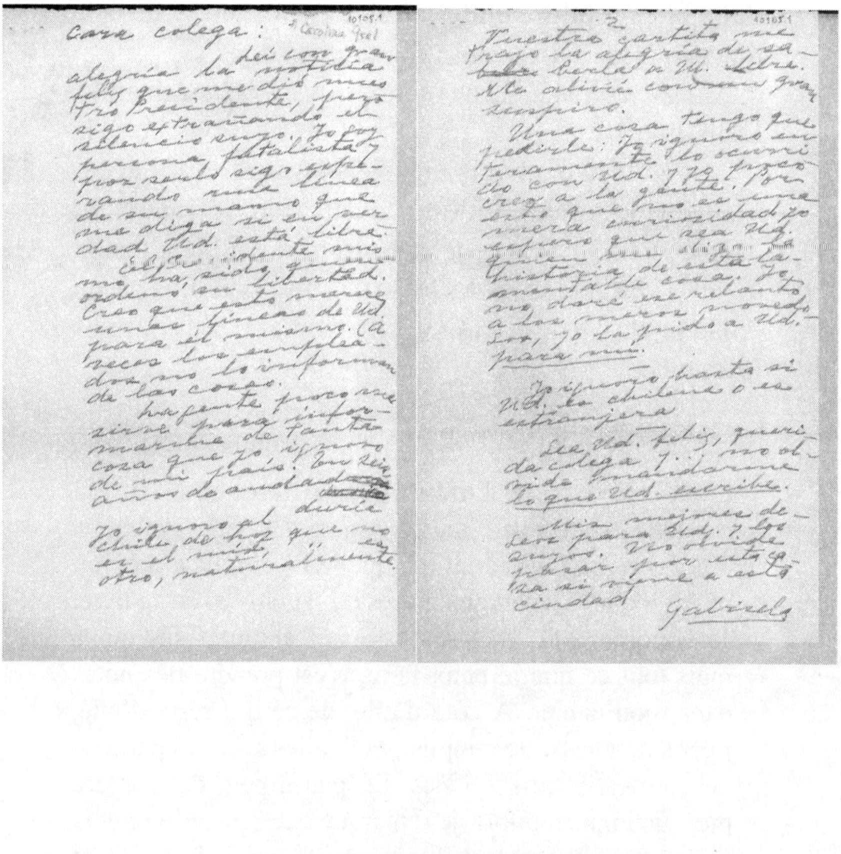

10105.1

A Carolina Geel

Cara colega:

Leí con gran alegría la noticia feliz que me dió nuestro Presidente, pero sigo extrañando el silencio suyo. Yo soy persona fatalista y por eso sigo esperando una línea de su mano que me diga si en verdad Ud. está libre.

[illegible] ciertamente mis [illegible] me ha sido querida su libertad. [illegible] en esto merece Creo que esto merece unas líneas de Ud. para él mismo. (A veces los empleados no lo informan de las cosas.

Hace falta poco me [illegible] para informarme de tanta cosa que yo ignoro de mi país! Son seis años de ausencia [illegible]

Yo ignoro al Chile de hoy que no es el mío, es otro, naturalmente.

2 — 10105.1

Vuestra cartita me trajo la alegría de saber la [illegible] a Ud. Libre. Me alivió con un gran respiro.

Una cosa tengo que pedirle: Yo ignoro enteramente lo ocurrido con Ud. y yo pregunto a la gente. Pero creo que no es una mera curiosidad yo espero que sea Ud. quien me diga la historia de esta lamentable cosa. Yo no daré ese relato a los [illegible] yo la pido a Ud. para mí.

Yo ignoro hasta si Ud. es chilena o es extranjera

Sea Ud. feliz, querida colega y ¡¡ no olvide mandarme lo que Ud. escribe.

Mis mejores deseos para Ud. y los suyos. No olvide pasar por esta casa si viene a esta ciudad

Gabriela

Dans cette lettre incroyable, Mistral tente de devenir la récipiendaire exclusive du secret. Créant entre elles une complicité et une confiance uniques (« je ne transmettrai ce récit à personne ») et profitant de sa position de pouvoir acquise après avoir obtenu la libération de Geel, Mistral devient partie intégrante de l'intrigue initiée par la presse et poursuivie pendant la procédure judiciaire, en aspirant à être la détentrice de l'insaisissable confession.

Mais Carolina Geel ne répondra pas à cette demande. Dans une très courte réponse, l'autrice évoque à la fois sa gratitude envers Gabriela Mistral et « l'accablement de quelqu'un qui ne sait rien de rien ». Et avec ce *non-savoir*, cette mystérieuse double allusion à *rien*, María Carolina Geel met un point final à un épisode de sa vie auquel elle ne fera plus jamais référence.

[Journal du silence]

C'est cette affaire, l'affaire María Carolina Geel, qui a éveillé ma curiosité sur les criminelles. Elle, la femme qui a écrit ce journal intime que je lis et relis à présent, qui m'a donné accès aux autres protagonistes de ce livre. Je voudrais souligner ses pages et entourer ses mots, mais tout ce que je peux faire, c'est prendre des notes dans mon cahier. À côté d'elle, de ce qui reste d'elle, j'écris moi aussi. Je remplis des feuilles avec ses phrases, des carnets avec ses idées. Et, peu à peu, de manière presque imperceptible, je remarque que son écriture et la mienne se ressemblent. La courbe du « a ». Les « j » et les « f » si semblables. Avec stupéfaction, je m'aperçois que nos paragraphes sont les mêmes. Alors seulement, distraite par ma découverte, j'ouvre son dernier cahier. Et là, à la fin, je trouve cette phrase comme un ordre, un présage, comme l'épilogue de ma quête et aussi de sa vie : « S'approcher du silence. »

Après le crime de l'hôtel Crillon, María Carolina Geel occupa, avec María Luisa Bombal, une place unique dans la littérature chilienne. Là où se réunissent féminité et transgression, femme et délit, apparaîtraient encore et encore ces deux écrivaines et, avec elles, la trame omniprésente de la folie et de l'amour. Les reportages et les chroniques publiés au cours des décennies suivantes ne remirent jamais en cause la version de la presse et aucun artiste, réalisateur ou écrivain ne s'empara du crime. Cinquante ans plus tard seulement, une nouvelle édition de *Cárcel de mujeres* provoquerait une relecture nécessaire et déclencherait une succession de nouveaux échos culturels.

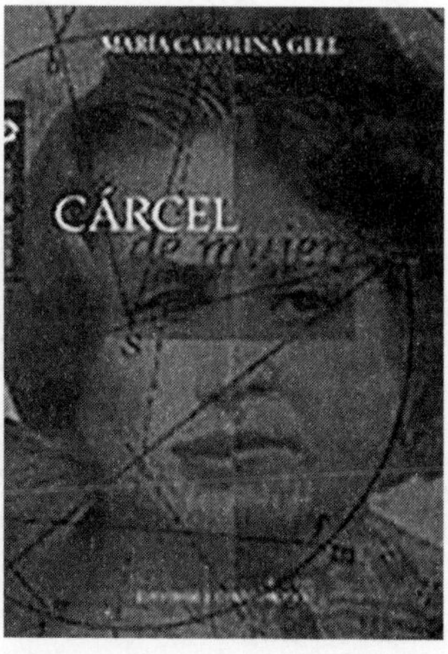

En l'an 2000, le plus célèbre livre de María Carolina Geel fut réédité par la maison féministe indépendante Cuarto Propio. Sa diffusion, cette fois, fut radicalement différente. Si l'édition de 1956 avait choisi sur sa couverture une femme traquée sous un ciel rouge, devant les grilles d'un cachot, cachant sa figure avec ses mains, le geste par excellence de la honte et de la culpabilité, la nouvelle édition montre le visage fragmenté d'une femme qui regarde l'objectif avec défi. Le livre était accompagné d'une préface de Diamela Eltit, l'autrice de quelques-unes des réflexions les plus aiguës sur le crime féminin au Chili, et qui a beaucoup travaillé sur l'œuvre de Geel. Dans sa préface, Eltit souligne l'importance de *Cárcel de mujeres* pour le féminisme et interroge le rôle trompeur d'Alone. D'autres interventions suivraient la sienne : des textes critiques de Raquel Olea et Bernardita Llanos, la chronique déjà mentionnée d'Alejandra Costamagna et un récit de fiction qui donnerait une nouvelle signification à une des informations les plus mémorables de tout le procès.

Dans une courte nouvelle intitulée « Saignement de nez », l'écrivaine chilienne Lina Meruane s'inspire de la vie de Geel pour évoquer dans un récit à clé son double statut d'autrice et de meurtrière. Le personnage principal de cette histoire s'appelle Carolina, une femme incarcérée après avoir assassiné son compagnon. Depuis sa cellule, une petite pince sur le nez pour ne pas sentir les relents répugnants de la prison, Carolina écrit sans cesse. Elle se rappelle sa vie, l'homicide, et se remémore un cadeau particulier qu'elle a reçu de son compagnon : un hamster qu'elle appelle Georgina.

Lorsqu'elle voit « la pauvre bête désœuvrée », l'héroïne de ce récit décide de lui trouver un mari et, très vite, naissent six rejetons. Ici, le texte de Meruane atteint au paroxysme et au délire. Mue par la curiosité, Carolina ouvre la cage et, du bout du doigt, touche les nouveau-nés. Mais l'odeur de femme, d'humaine, épouvante Georgina le hamster qui, pendant la nuit, assassine son compagnon et décapite leurs six petits.

Se faisant l'écho de *Cárcel de mujeres* et de la couverture médiatique du procès, Meruane remet en question avec humour les attentes amoureuses placées sur la féminité et fait apparaître sur la page un personnage insatisfait, qui résiste à son destin domestique et familier. En effet, l'injonction au bonheur féminin, comme l'appelle la philosophe Sara Ahmed, n'échappait pas aux femmes chiliennes de l'époque, ni à celles d'aujourd'hui. Après l'obtention du droit de vote dans les années 1940, le mouvement féministe battit en retraite et les luttes qui avaient envahi les journaux furent remplacées par l'image souriante de la bonne mère et épouse exemplaire, promue par ailleurs par les politiques publiques de l'appareil d'État.

Dans « Saignement de nez », l'insatisfaction de l'héroïne est liée aux interminables tâches domestiques mais, en prison, son malheur laisse place au désir. Un désir qui se traduit d'abord en écriture, puis en avidité. Carolina, comme son hamster, a faim, un appétit inhumain. Et sa faim vorace va être rassasiée par un acte plus que puissant. Enfermée dans sa cellule exclusive en hauteur, Caroline lit un journal qui consacre un article à son crime. Et il ne s'agit pas de n'importe quel article. Celui auquel Lina Meruane fait allusion est un des papiers les plus accablants de toute la couverture presse du procès : « Assassinat et folie à l'hôtel Crillon : elle tue son amant et boit son sang ».

Le reportage de *Clarín* décrit en lettres rouges majuscules la scène suivante : « La poétesse et écrivaine célèbre a signé son crime passionnel dans un tableau vraiment dantesque et macabre : elle s'est jetée comme une folle sur le corps couvert de sang de Roberto Pumarino et l'a embrassé. Se roulant dans son sang chaud, elle l'a bu. Elle joignait ses mains pleines de sang et s'humectait les lèvres, aspirant profondément. Personne n'a jamais vu une scène aussi hystérique et sanguinaire. »

En accusant Geel de se jeter sur le corps, de se rouler dans son sang et de le boire, le journal ne parle plus de Georgina Silva Jiménez. D'ailleurs, il ne parle pas d'une femme. L'article se réfère, avec sa *soif de sang*, à une figure floue et terrifiante : le vampire. Un être hybride, oscillant à la frontière de l'humain et de l'inhumain, du masculin et du féminin, et qui permet au quotidien d'atteindre un objectif crucial : rendre irréelle la violence féminine.

« Saignement de nez », reprend précisément ce papier. Et la Carolina fictive de Lina Meruane, tandis qu'elle lit le journal, remarque cet article et l'image qui l'illustre. « Elle fixa un moment cette photographie où elle embrassait le corps inerte de Roberto, la froissa et la mit entièrement dans sa bouche. Pendant qu'elle mâchait, elle leva la tête vers la fenêtre, un rayon de soleil entrait dans un coin de la pièce tandis que l'écrivaine détruisait et avalait l'article avec sa photo. »

ASESINATO EN HOTEL CRILLON

Escritora María Geel Baleó a su Amante en el Salón de Té

EN LIBERTAD VIUDA DEL PRESTAMISTA: DETUVIERON A SECRETARIO

CLARIN

CONFIRMAN: VIERNES SANTO FUE CRIMEN DE DOÑA ELENA

30 MILLONES ROBARON EN CRIMEN DE ANCIANA

Dans cette scène saisissante, la protagoniste récupère l'article le plus accablant du procès, qui la présentait comme vampire et anormale et, en deux temps trois mouvements, le dévore. Caroline intègre cette image à son corps, la fait sienne et la fait disparaître, la digérant et corrompant le récit qui l'avait expulsée aux confins de l'humain.

L'héroïne, par ailleurs, réclame la propriété de son texte et raille les prétentions d'Alone : « Il voulait lui voler son secret, il voulait le vendre, il voulait la faire disparaître ! » dit la narratrice, suggérant que c'est elle qui a utilisé le critique pour profiter de son prestige et non le critique qui a sauvé l'écrivaine d'une profonde et stérile dépression.

La nouvelle de Lina Meruane est un texte sur le double statut de Geel comme autrice et criminelle. Obsédée par le genre des noms et le pouvoir de la parole, la Carolina fictionnelle s'obstine à remettre en question certains mots. Meruane, comme son héroïne, cherche une langue pour nommer le crime féminin et, au passage, le trouve. Elle fait surgir sur sa page un personnage qui réunit féminité et transgression sans faire entrer la folie qui, de manière omniprésente, avait envahi le récit médiatique et judiciaire.

Après la grâce présidentielle et un procès suivi avec enthousiasme par la presse, Georgina Silva Jiménez sortit de prison et rentra chez elle. Elle continua de publier des chroniques ainsi que des livres et, pendant des années, écrivit de loin en loin dans son journal intime. Le meurtre du Crillon serait sporadiquement évoqué par les journalistes, qui le définiraient comme un des « crimes passionnels » les plus impressionnants commis en Amérique latine, sans s'interroger, jamais, sur la véracité de ce récit. Les motivations réelles de l'accusée, malgré les interrogatoires des juges, les diagnostics des psychiatres et les spéculations du milieu littéraire, resteraient cachées derrière le gros rideau de la jalousie et de l'amour.

Mais le silence de Geel, l'écrivaine, et de Jiménez, la criminelle, serait impitoyable avec elle aussi. Vers la fin de sa vie, alors qu'elle vivait seule dans un petit appartement et que son nom ne circulait plus dans la presse, une autre forme de silence envahit son corps.

« Je veux réaffirmer que cette surdité ne concerne pas la sonorité des voix, noterait-elle dans son journal, mais l'articulation des mots. » María Carolina Geel vivrait ses derniers mois sans pouvoir distinguer une phrase et, lentement, perdrait la mémoire. Elle oublierait où elle avait posé son crayon, sa tasse, ses lunettes. Ce qu'elle avait mangé la nuit précédente et ce qui s'était passé, vraiment, cet après-midi lointain d'automne 1955. Peu à peu, les mots et les souvenirs perdraient leurs contours. Georgina Silva Jiménez mourrait le 1er janvier 1996, à quatre-vingt-deux ans, de la maladie d'Alzheimer, son ultime et définitive forme de silence.

adora de
probar alimen
EXHUMADOS TRES
LOS CADAVERES, A

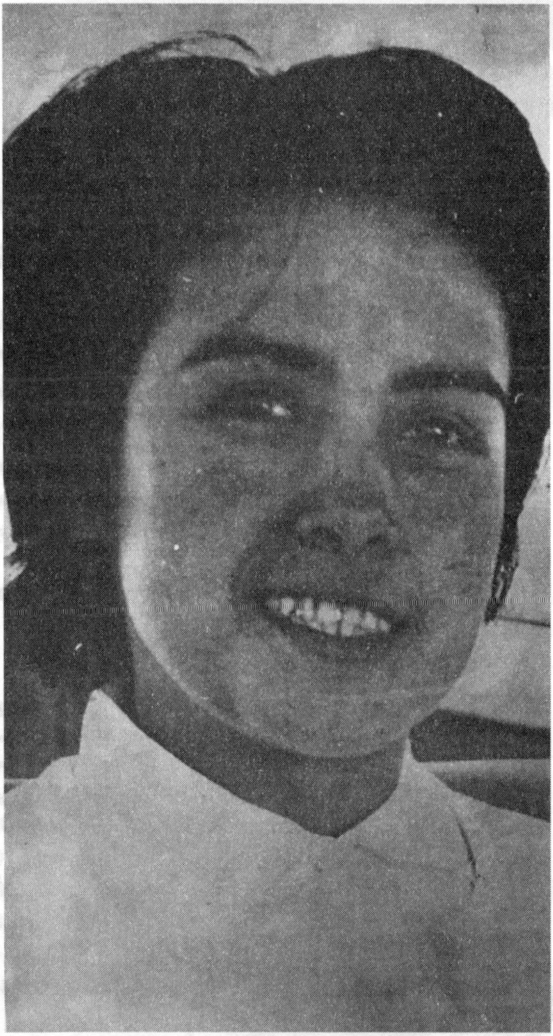

« Un membre de la famille »

MARÍA TERESA ALFARO

UN GOÛT AMER

Ni bonne ni mauvaise. Ni belle ni laide. Ni courte ni longue. C'était la vie, point final. Le chiffon essuie la poussière. Le balai collecte les saletés. L'eau imbibe le savon.

Madame me traitait bien, je l'ai dit. Si vous le lui demandez, elle vous dira que j'étais discrète et réservée, travailleuse, loyale, que je n'ai jamais posé de problème.

Au début, quand je suis arrivée dans la maison, Madame se sentait obligée de me donner des conseils. De déniaiser cette domestique docile qui parlait peu, presque pas. Elle disait : « Teresa, ma fille, écoute-moi bien. »

Je la fixais, je la fixais sans la voir réellement et je tentais de convoquer une idée bruyante. Quelque chose qui me permette de ne pas l'entendre parler de moi comme si elle me connaissait vraiment. Avec le temps, heureusement, elle a arrêté de me parler. Ou pas. Peut-être qu'on bavardait, si on peut appeler ça comme ça. Madame sortait de la douche, ouvrait la porte de la salle de bains, constatait que j'étais encore dans sa chambre à faire le lit ou à secouer les tapis, et elle commençait à parler. Elle parlait, tandis qu'elle s'essuyait les aisselles et les plis de l'entrejambe, se mettait du déodorant et aspergeait ses poignets de parfum, enduisait sa peau, toute cette peau, avec des kilos et des kilos de crèmes de luxe. Elle parlait comme si elle était complètement habillée, ou comme si je ne pouvais pas du tout la voir.

La petite, sa jolie petite, était là aussi. Assise au pied du lit, devant la porte de la salle de bains, elle recueillait chaque geste de Madame, sa mère. Comme se maquiller les yeux. Comme se mettre du rouge à lèvres. Comme se brosser les cheveux. Comme parler sans regarder. Moi, Messieurs, j'écoutais, c'est tout. Et parfois j'acquiesçais. J'acquiesçais comme l'employée de maison docile et de bonne composition que je devais être. Et je frappais les oreillers et je pliais les pyjamas et je ramassais par terre les t-shirts pleins de sueur, les chaussettes sales, les slips tachés de sperme.

Comme j'ai désiré lui faire rentrer les mots dans la bouche. Combien j'ai désiré devenir sourde.

`Une femme d'un milieu socio-économique défavorisé, avec une espérance de vie moyenne, un bon indice d'adaptation à l'environnement et aux circonstances de sa vie.`

J'ai commencé à souffrir du même mal de dos que ma mère. Un élancement lent et fort qui m'enserrait la taille et m'empêchait de travailler. Je devais me réveiller plus tôt pour réussir à faire les choses. Me lever, secouer les draps, préparer le lait pour la petite. Balayer, ramasser la poussière, la jeter à la poubelle. Aérer, passer le chiffon, cirer, ranger. Toutes les deux ou trois heures il fallait que je m'arrête. Je suppose que le docteur m'a découverte lors d'une pause, immobile, ou qu'il m'a entendue gémir et m'a surprise, bloquée devant le panier de linge sale. Il m'a demandé quelle était ma douleur sur une échelle entre 1 et 10. Je n'ai pas répondu. La souffrance m'engourdissait les jambes et me comprimait le dos, mais en aucun cas ce n'était un chiffre. Le docteur a dit : « Prends ces médicaments, Teresa. »

J'ai toujours détesté entendre mon prénom sortir de sa bouche : un café, Teresa, deux tartines avec du beurre, mes chaussures noires, un verre d'eau froide, Teresa, où sont la chemise blanche, les chaussettes propres, le gilet épais, Teresa, apporte-les-moi, je suis en retard. Il accentuait le S de mon prénom avec exagération, puis s'arrêtait là, élevant un mur avec son silence. Teresa. Avant lui, son père avait prononcé le prénom de ma mère : María. Et ma mère, comme moi, avait répondu oui, Monsieur, non, Madame. Ils n'étaient rien d'autre que cela pour nous : les patrons, la famille. Leurs prénoms n'ont pas d'importance dans cette affaire.

L'accusée est consciente, lucide, avec un contrôle volitif approprié, un esprit autocritique et des raisonnements dans la moyenne.

Le docteur m'a donné les médicaments et m'a dit de les prendre quatre fois par jour. Toutes les six heures, a-t-il insisté, comme si je n'étais pas capable moi-même de diviser par quatre ma journée remplie de tonnes de tâches à effectuer. Je devais les prendre avec le petit déjeuner, le déjeuner, le dîner et, enfin, au milieu de la nuit.

Je n'avais pas besoin de mettre le réveil. La douleur me rappelait que c'était l'heure. Alors, à moitié endormie, sans avoir le courage d'allumer, je tendais le bras, cherchais à tâtons le flacon de médicaments sur la table de chevet et en mettais un sur ma langue. Je n'arrivais jamais à l'avaler. Ne m'interrompez pas, Messieurs. Maintenant, je veux que vous m'écoutiez. La douleur et le sommeil raidissaient mon corps et je restais ainsi, les yeux ouverts ou fermés, avec ce comprimé qui se dissolvait sur ma langue et une pensée intruse, qui me rendait folle : il était impossible, absolument impensable qu'on puisse soigner *ça*, à l'intérieur de moi, avec quelque chose que je prenais, *moi*.

`Elle ne souffre pas, ni n'a apparemment souffert dans le passé de folie ou de démence.`

De nombreuses heures, toutes les heures que contient un jour de congé, je restais dans la pièce du fond, que vous vous acharnez à appeler « ma chambre ». Je n'aimais pas sortir ce jour-là. Je ne voulais pas bouger. Je demeurais immobile, dans la même position, allongée sur le lit, sur le dos, les mains posées le long de mes cuisses, calme, éteinte, attentive au monde extérieur. Comme je profitais de ce calme, de ce repos total. Jusqu'au moment où soudain, après des heures et des heures d'attente, cette chose en moi se fissurait. La commode, la table de chevet, la lampe, les murs, le plafond, tous les objets de la pièce s'ouvraient brusquement pour moi, pour m'accueillir. Ils m'acceptaient comme si j'étais l'un des leurs. Alors je parvenais à m'abandonner et à entrer avec eux dans l'espace muet. Dans l'immense famille des choses. Je contemplais alors mes mains pour la première fois : les doigts noueux, les ongles rongés, la peau fripée et blanche aux articulations. Deux mains étrangères posées sur un corps qui à présent mourait, qui mourait lentement d'irréalité.

`Les rapports ci-joint évoquent de légers troubles de mémoire (premier rapport) et une pauvreté du langage (second rapport).`

Mais vous ne m'avez pas enfermée ici pour que je parle des choses. Du fait que le contact de mes doigts sur mes jambes me faisait sursauter. Vous voulez que je parle de la petite. Que je vous raconte ce qui s'est passé.

La planche à repasser était rangée à côté du réfrigérateur, pliée. Ne me regardez pas comme ça, Messieurs. C'est le début de l'histoire. C'était une vieille planche, avec des pieds en métal, couverte par un tissu avec de petites fleurs décolorées. Je la sortais de là en la traînant et ce crissement, le bruit des pieds sur le sol, suffisait. Daisy apparaissait vite. Elle s'approchait, tête basse, de la porte de la buanderie, la poussait un peu avec sa truffe et, comme si personne ne la voyait, comme si elle était invisible, s'allongeait par terre en silence. De là, roulée en boule, elle me regardait. Avec ses yeux hagards et bleus, elle me fixait, comme si elle me voyait vraiment. Elle était aveugle, Daisy. C'est pour ça peut-être qu'elle croyait que personne ne la voyait quand elle entrait dans la maison. Elle n'était pas à nous. Qu'est-ce que je dis ? Dire *nous* après tout ce qui s'est passé. Je veux dire que Daisy n'appartenait pas à la famille. Et comme elle n'était à personne, comme elle était seule et à la rue, cette petite chienne était à moi.

`Elle faisait partie du groupe familial.`

Elle est toujours restée méfiante. Le corps à moitié dehors, à moitié dedans. Elle attendait un os, un peu de lait, un bout de pain et rien d'autre. Elle dévorait ce que je lui donnais et me léchait la paume de la main, reconnaissante. Même si elle avait faim, elle ne demandait pas plus. Elle posait sa truffe sur ses pattes avant, fermait les yeux et dormait. Parfois, elle agitait ses membres comme si elle poursuivait un animal en rêve. D'autres fois, elle remuait la queue et frappait le sol comme si elle comptait : un, deux, trois, quatre. Et si je faisais un bruit, si je toussais, si j'éternuais, si je fredonnais une chanson, elle levait sa tête couleur café au lait, sa truffe pleine de taches blanches, et reniflait l'air pour s'assurer que j'étais toujours là, près d'elle.

`Il ne semble pas qu'elle ait été offensée au quotidien, en aucune façon.`

Je n'ai pas cru que Madame parlait sérieusement. Je ne l'ai pas crue capable.

La planche dépliée face à la porte, face à Daisy, je repassais. Les jupes de la petite, les torchons de cuisine, mes tabliers. Ça ne m'a jamais dérangée de repasser. De saisir le monde de cette façon. Certains tissus opposaient de la résistance et il fallait les écraser plus lentement, les brûler doucement jusqu'à les réduire au minimum. D'immenses draps blancs transformés en petits carrés de lumière.

Parfois la petite m'observait quand je repassais. D'autres fois, elle prenait son goûter sur la table de la cuisine, muette. Je la voyais mâcher chaque bouchée, les lèvres parfaitement jointes, le cou droit, les coudes jamais, jamais sur la table. Et je continuais de repasser : les fauteuils, les lits, les bardeaux en mélèze, les chaises, les tables, les casseroles, les arbres. J'aurais repassé mes propres mains si je n'en avais pas eu besoin pour repasser.

`Elle jouissait de la confiance de ses employeurs.`

Madame n'aimait pas que Daisy me rende visite dans la maison. Elle avait peur de ce que cette bête pouvait leur faire, à elle, à son mari, à ses enfants, aux enfants de leurs enfants. Elle avait peur qu'elle leur transmette la rage. La petite, en revanche, n'avait pas de problèmes avec Daisy. Un jour, elle l'a même caressée. Elle s'est avancée vers elle tout doucement, s'est accroupie et a passé la paume de sa main sur ses paupières fermées. Comme si elle l'aimait elle aussi.

La vie et la mort sont très proches, Messieurs. Soigner ou tuer, guérir ou tomber malade, ça se frôle. Demandez au docteur. C'est lui qui a rapporté à la maison le flacon de médicaments. Je n'aurais même pas su le nom, où les trouver, que faire avec. Le flacon était blanc, je l'ai dit. Et il ressemblait tellement à celui des médicaments pour le dos. Mais c'était écrit en grands lettres bleues : POISON.

Je sais lire. Je sais écrire. Je connais le secret du mot « poison ».

`La strychnine est le plus important des alcaloïdes, sa formule chimique est` $C_{21} H_{22} N_2 O_2$.

Daisy ne s'approchait jamais de la porte principale. Elle n'était pas idiote, ne fouinait pas dans la maison quand les patrons étaient présents. Elle passait la tête par la porte de derrière et restait seulement si j'étais là pour la protéger. Mais c'est vrai, elle avait faim. Et la faim, Messieurs, la faim est faiblesse.

Ce jour-là, j'étais dans la cuisine. Je lavais peut-être la vaisselle ou je coupais en petits dés un oignon, ou j'épluchais des pommes de terre. Je ne m'en souviens pas. Madame est entrée et a ouvert les tiroirs un par un. Le docteur les avait cachés en haut, dans le placard, hors de portée de la petite. Ils étaient blancs, avec un petit point noir au centre. Madame les a trouvés. Elle en a pris un, l'a enveloppé dans une tranche de jambon et est aussitôt sortie dans le jardin.

Tous les tiroirs de la cuisine sont restés grands ouverts.

Une dose de quelques milligrammes augmente la sensibilité des organes sensoriels. Une dose de dix à vingt milligrammes produit des tremblements, de la diarrhée et de l'angoisse.

J'ai arrêté de hacher ou d'essuyer ou de faire je ne sais quoi et j'ai couru aussi vite que j'ai pu vers la porte principale.

Daisy était là, dehors, à quelques pas de l'entrée. Pendant un instant j'ai pensé qu'elle dormait et j'ai expulsé d'un coup tout l'air de mon corps. Mais tout de suite je me suis approchée et j'ai pu voir ses yeux. Ces yeux bleus tellement ouverts. Comme s'ils voyaient pour la première fois. Elle avait la truffe sèche, bouchée pour toujours. Et un petit filet de sang, long, en zigzag, dessinait un chemin jusqu'à mes pieds. Un message que moi, moi seule, pouvais déchiffrer.

Daisy a secoué son corps en silence. Elle n'a pas grogné. N'a pas aboyé. Il y a eu juste un gémissement, à la fin, comme une très lourde porte qui se ferme.

Je n'ai pas crié non plus, Messieurs. Ni à ce moment-là, ni après. J'ai compris que si je criais, si j'ouvrais la bouche et laissais sortir un long cri, je ne pourrais plus jamais m'arrêter. Ce cri, comme les premiers pleurs, libérerait la vraie vie.

Monsieur était debout à ses côtés, droit et très calme. Il m'a regardée du coin de l'œil et m'a ordonné de m'occuper de tout.

Il a dit : « Occupe-toi de tout, Teresa. »

Il a dit : « Frotte bien le sol, Teresa. »

Teresa Teresa Teresa Teresa.

J'ai senti une brûlure dans ma bouche et derrière mes yeux, comme si j'étais en feu.

La drogue produit son action principale dans le système nerveux par une franche diminution de la résistance de la synapse entre les neurones. Il y a une sensation d'effroi, de tressaillement et de tension dans la poitrine.

J'ai dû la mettre dans un sac noir.

J'ai dû frotter le sol, mais la tache était toujours là.

J'ai dû la porter sur mon dos et marcher avec elle, avec cette chienne qu'avait été Daisy, jusqu'à l'extérieur de la propriété.

La terre était fendue à cause de la sécheresse. Il ne pleuvait pas, j'ai su qu'il ne pleuvrait plus jamais par ici, mais le sac noir contre le sol a résonné comme la plainte de la mer.

Shhh.
Shhh.
Shhh.

Le mot POISON écrit au crayon bleu.

Madame avait dit : « Ils croiront ce qu'ils veulent croire. »

Je suis rentrée à la maison, je me suis enfermée dans la pièce du fond et me suis couchée sur le lit. Je clignais des yeux. Le tremblement de mes paupières m'irritait la cornée. Daisy était dehors, seule. Elle serait mangée par les vautours, les vers, tous les êtres misérables. Je l'aurais tuée sans douleur, Messieurs. Je lui aurais fermé les yeux, j'aurais embrassé sa petite tête et avant de lui fermer la gueule, avant de la sceller pour toujours, j'aurais laissé un bout de pain sur sa langue.

J'ignore combien de temps a passé. Je sais qu'il faisait encore nuit. Alors, mue par je ne sais quelle force, quelle volonté, je me suis levée.

Je me suis levée, Messieurs, et je suis ressortie.

Le cœur perdait sa force aspirante et refoulante.

De ma bouche sortait une vapeur blanche et silencieuse, et à cet instant seulement, tandis que je traînais Daisy jusqu'à la maison, j'ai eu une idée. Une pensée pleine d'épines.

J'ai utilisé un bâton et une pelle. Et moi, moi seule, j'ai creusé un trou dans la cour intérieure, devant la porte de la buanderie où Daisy me regardait.

Je l'ai poussée à l'intérieur, l'ai recouverte de terre et j'ai mis sur elle un morceau de pain.

Alors j'ai compris qu'il n'y avait plus d'issue. Il ne serait plus possible de fuir une ombre aussi immense.

`La loi veut protéger les victimes, elle désire les abriter au sein du foyer.`

J'ai fait mon lit, je me suis lavé la figure, j'ai brossé mes cheveux, j'ai pris une douche froide. Je me suis lavé les dents, j'ai mis de l'eau à bouillir, j'ai rangé les couverts dans les tiroirs. Les fourchettes avec les fourchettes. Les cuillères avec les cuillères. Les couteaux avec les couteaux.

C'était samedi et il y avait des invités à déjeuner.

Madame a dit : « Nous serons cinq. »

Monsieur, Madame, les deux invités et la petite.

`Les antécédents de la famille depuis plusieurs générations ne justifient pas d'une quelconque tare congénitale susceptible de produire une mort aussi étrange, rapide et violente.`

Désosser l'agneau le découper saler la viande ajouter du vin du sel du poivre de l'oignon le mettre au four laver les pommes de terre surveiller le four retirer les yeux les yeux les yeux de Daisy et les éplucher et les couper et les faire bouillir et laver le persil et hacher le persil et servir le repas et mourir et mourir et mourir et mourir.

`Les médicaments avaient un petit point noir au centre.`

Ils ont tout mangé : l'agneau, les pommes de terre, la moelle, le persil.

Tous, sauf la petite.

La petite, assise en face de son père, n'a pas voulu toucher à son assiette. Elle avait vu un agneau vivant à la campagne ou une chienne morte dans son jardin.

Madame a dit : « Tu veux un verre de lait tiède, ma chérie ? »

C'était la prunelle de ses yeux.

`L'asphyxie se produit aussi pour d'autres raisons.`

Je suis revenue dans la salle à manger avec le verre plein, blanc, plein de blanc, et la petite a dit oui oui oui.

Elle a dit oui sans mots.

Et elle a bu ce lait propre, amnésique.

`La poudre était de couleur blanche.`

J'ai attendu dans la cuisine et me suis fait un thé. Juste un thé avec du pain.

Les barbituriques comme le penthotal, l'amobarbital et le pentobarbital sont des antidotes spécifiques à la strychnine.

Comme un soupir, c'est ce que j'ai entendu.

Et aussitôt de l'agitation, des cris et le même silence que Daisy.

Teresa. Teresa. Teresa. Teresa.

Cela a dû l'effrayer, étant donné sa modeste condition d'employée de maison.

Il fallait encore laver la vaisselle et l'essuyer. Rincer les casseroles. Passer la serpillière. Arroser le ficus dans le pot. Ranger les fourchettes avec les fourchettes. Les cuillères avec les cuillères. Les couteaux avec les couteaux. Je n'avais pas fini de faire les choses, toutes ces choses, tant de choses, quand Madame est entrée dans la cuisine.

Mon thé n'avait toujours pas refroidi.

Juste un thé avec du pain.

Madame a esquissé quelques pas, comme si elle hésitait, comme si son corps lui était soudain étranger et qu'elle craignait de trébucher et de tomber dans un précipice inexistant.

Une substance incolore, cristalline.

Et elle a cherché mes yeux, Messieurs. Pour la première fois, pour la seule fois pendant toutes ces années, Madame a cherché mes yeux.

```
Une déficience mentale supérieure.
Une personnalité primitive.
```

Et quand elle les a vus, quand finalement elle a trouvé mes yeux, elle a pâli.

Je l'ai vue, elle a pâli.

Mes yeux aussi avaient un point noir au centre.

Son point final.

[Journal d'une fiction]

J'entends parler d'une femme qui a assassiné les enfants de ses patrons. Personne ne se souvient d'elle avec précision. On me dit juste que ça s'est passé dans les années 1960 et que l'arme était le poison. Sur le moteur de recherche, j'écris : criminelle, Chili, domestique. Pas de résultats. J'essaie encore : homicide, bonne, empoisonnement. Rien. Je prends le téléphone et appelle mes parents. Avec un peu de chance et une bonne mémoire, ils me donneront peut-être une piste. Au bout du fil, mon père écoute avec attention. « Ah, dit-il. Oui, oui, oui. » Et après une courte pause, comme s'il extirpait ce nom d'un sombre sous-sol de sa mémoire, il s'exclame : « La Teté ! Elle s'appelait la Teté », répète-t-il, et il me raconte tout ce qu'il sait. Sans l'interrompre, je prends des notes. Et à mesure qu'il avance dans le récit, qu'il s'arrête sur d'étranges détails et pose des questions sans réponse, moi, pour une raison inconnue, j'éprouve le désir net de la connaître. Je veux imaginer cette vie, je veux écrire sur cette femme.

Une tragédie. C'est ainsi que Sergio España et Magaly Ramírez définirent les morts successives de leurs enfants entre 1960 et 1962. Jeunes mariés, avec des emplois stables et sans préoccupations majeures, mari et femme se dirigeaient vers une vie confortable et paisible lorsque leur petite fille, Viviana, un bébé d'à peine seize jours, mourut brusquement le 22 juillet 1960. Ils surmontèrent peu à peu la tristesse, la douleur, mais le décès inattendu de leur aînée, Magaly Ximena, âgée d'un an et trois mois, fut un coup encore plus dur. Et alors qu'ils commençaient tout juste à se remettre, à revivre après plusieurs mois de deuil, ce fut le tour de leur nouveau-né. Le petit Sergio, âgé de vingt-six jours, s'éteignit le 3 juillet 1962, laissant le couple sans descendance.

À l'hôpital de Buin, les médecins établirent que les enfants étaient morts de causes naturelles : méningite, encéphalopathie et étouffement, même s'ils évoquèrent aussi la possibilité d'une anomalie héréditaire. Persuadés que c'était l'explication, Magaly et Sergio se soumirent avec angoisse à des examens afin d'identifier en eux, dans leur sang, la cause de la mort de leurs enfants. Mais tous les résultats furent négatifs. Il s'agissait, visiblement, d'un sale coup du sort, d'une tragédie que le couple devait traverser avec courage, surtout si on considère le très fort taux de mortalité infantile dans le Chili des années 1960 et leur désir de fonder un jour une famille nombreuse.

Mais la tragédie du couple España-Ramírez semblait être sans fin. En septembre 1963, après des mois d'épisodes de santé critiques, que les spécialistes attribuèrent à l'angoisse déclenchée par la mort de ses petits-enfants, la mère de Magaly Ramírez, Ana Córdova, âgée seulement de cinquante-deux ans, meurt à son tour dans la maison familiale. Sur le certificat de décès, les médecins écrivent « hépatite » et « pancréatite aiguë », toutes deux aggravées par l'hystérie supposée qui avait affaibli et isolé la grand-mère dans une chambre sombre où il était interdit d'entrer. À aucun moment les docteurs n'associèrent la pathologie de cette femme aux morts subites de ses petits-enfants. Seul un dernier événement, survenu au cours de ce même printemps 1963, éveillerait les soupçons du couple.

Sergio España et Magaly Ramírez avaient des invités à déjeuner ce samedi d'octobre, un couple d'amis proches accompagnés de leur fille Mariana, filleule de Ramírez, qui allait fêter son premier anniversaire quelques semaines plus tard. Comme pour chaque déjeuner et chaque dîner, la personne chargée de toute l'organisation serait María Teresa Alfaro, l'employée de maison qui travaillait à plein temps chez les España-Ramírez et s'occupait des tâches du quotidien.

Ce matin-là, Teresa se lève tôt, arrose le jardin, passe le chiffon à poussière sur les lampes et les meubles, met la table, prépare le déjeuner et, vers deux heures de l'après-midi, s'apprête à servir le repas. À cet instant, la mère de la petite Mariana entre dans la cuisine et lui demande de réchauffer le biberon de sa fille. Sans dire un mot, Teresa obéit et l'invitée retourne dans la salle à manger avec la boisson. Tout est normal, les parents rient, boivent, trinquent, jusqu'à ce qu'une violente quinte de toux les interrompe. Mariana laisse tomber le biberon par terre, pâle. Effrayée, sa mère avale quelques gouttes et sent un goût amer. Le père goûte à son tour et confirme, crachant le lait dans sa serviette. Magaly Ramírez reste assise, incapable de dire un mot. Les éléments d'un long mystère se relient soudain entre eux avec une grande clarté et, malgré sa peur, malgré sa certitude, elle décide aussi de tester le lait. « Il avait un goût amer, déclarerait-elle plus tard, le même que j'ai senti dans le vomi de mon fils Sergio juste avant qu'il meure, quand je lui ai essuyé la bouche avec ma salive en utilisant un mouchoir. »

Sergio España, médecin généraliste, donne les premiers soins à la petite Mariana. Son intervention rapide permet de lui sauver la vie, mais le soulagement d'avoir évité une nouvelle mort n'apaise pas sa douleur. Magaly et son époux comprennent, enfin, que leur tragédie n'est pas l'œuvre du destin, ni de leurs gènes, ni du taux de mortalité infantile, et décident d'apporter le biberon aux laboratoires de l'hôpital. Anxieux, ils attendent le résultat des analyses toxicologiques et leurs pires craintes se voient confirmées : le lait est contaminé par une forte dose de poison raticide et de strychnine, une substance que le père de famille avait lui-même introduite dans le foyer sous prétexte, selon ses mots, d'exterminer les chiens nocifs.

María Teresa Alfaro attendit l'arrivée de la police dans la maison de ses patrons. Une voiture avec quatre policiers s'arrêta devant la porte et l'emmena à Santiago. Là, après des examens épuisants et des interrogatoires, Alfaro passa aux aveux. Elle avait empoisonné un par un les trois enfants de la famille, puis la belle-mère du docteur, en utilisant pour chaque crime un demi-comprimé de strychnine mélangé au lait et aux aliments.

[Journal d'une fiction]

Ce sont mes derniers jours à la Bibliothèque nationale et je m'emploie à photographier des journaux des années 1960. La mémoire de mon appareil photo est presque saturée. Il ne reste pratiquement plus de traces de Teresa Alfaro. Même si le nombre de unes sur ce crime est plus important que pour les autres affaires, personne n'a écrit de roman, de pièce de théâtre, de récit inspirés par son histoire. Quand je rentre de la bibliothèque, je n'arrête pas de penser à elle. Je me demande quel était son quotidien, quelles étaient ses tâches. Je l'appellerai bonne ou employée de maison ? Je ne sais pas par où commencer. Je cherche une langue pour éviter l'expiation, le surplomb, la culpabilité. Je lis des auteurs qui ont écrit sur des personnages semblables (Domestiques ? Servantes ? Aide-ménagères ? Femmes de ménage ?). Szabó. Donoso. Genet. Walsh. Dans la marge de mon cahier je note une phrase des *Bonnes*. « Elle, elle nous aime. Elle est bonne. Madame est bonne ! Madame nous adore. » J'ai besoin des mots appropriés. La poignée de mots justes, capables de nommer cette femme.

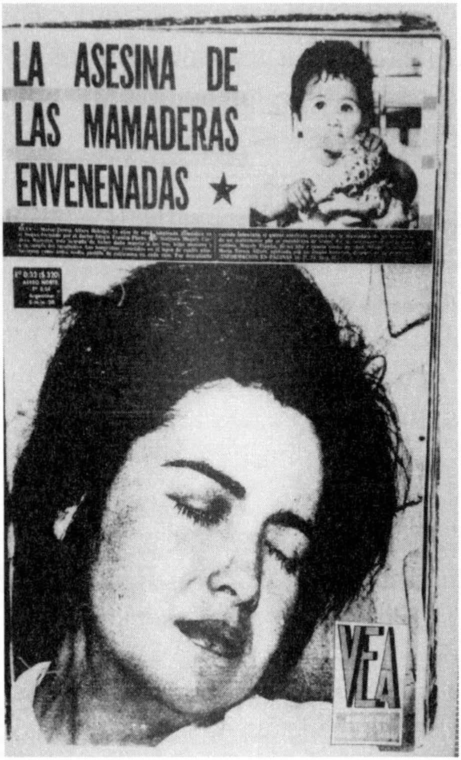

Dès que les détails de l'affaire parvinrent aux oreilles des journalistes, la panique fut totale. Les médias communiquèrent, avec des précisions scabreuses, sur le *modus operandi* de la meurtrière et des éditoriaux exigeant une sanction exemplaire ne tardèrent pas à apparaître. Jamais auparavant une employée de maison n'avait commis de crimes pareils et avant même l'ouverture du procès les journalistes réclamaient la peine capitale. « Les preuves s'accumulent contre Alfaro pour la condamner à mort », titra *El Diario ilustrado*.

Mais ce fut la revue *Vea*, spécialiste des faits divers, qui marqua la mémoire de toute une génération avec en une illustrée, dramatique, le visage au premier plan de la criminelle, une larme roulant sur sa joue gauche, les yeux fermés, cachant un regard qu'il était impérieux d'éviter, et le titre : « La tueuse des biberons empoisonnés ».

Le meurtre semblait réunir tous les ingrédients pour passer à la postérité. C'était un peu plus qu'une simple affaire criminelle : une famille modèle, une série de morts incompréhensibles, l'utilisation de poison, des interrogations sur le mobile et de fortes demandes de châtiment. Mais un rigoureux silence allait distinguer cet homicide des autres perpétrés par des femmes. À la différence des assassinats commis par Corina Rojas, Rosa Faúndez ou María Carolina Geel, récupérés par de nombreuses œuvres littéraires et artistiques, cette affaire n'inspirerait qu'un long mutisme. Qu'y avait-il, chez Alfaro ou chez ses victimes, qui provoqua une telle stupeur ?

Les España-Ramírez représentaient l'idéal de la famille moderne dans le Chili de la seconde moitié du XXe siècle : le mari praticien, médecin à l'hôpital de Buin ; l'épouse active, sage-femme dans le même établissement ; le désir de procréer pour former une famille nombreuse ; une maison spacieuse à quelques kilomètres de la capitale ; et même un chien, baptisé Kenny. Père, mère, futurs enfants, maison, chien. Exemplaires, dignes d'une publicité dans une revue de l'époque, avec pour seule réserve qu'à la marge de ce noyau familial, traditionnel jusque dans ses moindres détails, se trouvait un autre membre embarrassant : la bonne. María Teresa Alfaro, vingt-trois ans, vivait depuis cinq ans dans une pièce au fond de la maison de Buin.

Lorsqu'ils décrivirent les meurtres perpétrés par Alfaro, les journaux se référèrent de manière obsessionnelle au groupe familial. « Une véritable extermination de la famille », dénonça *Las Últimas Noticias*, tandis que la revue *Vea* accusa Alfaro de « détruire le foyer » et de « briser le couple ». Un affront impardonnable contre l'unique institution qui suscitait un certain consensus au cours des années 1960 agitées, et qui expliquerait le long silence culturel autour de cette dramatique affaire. Journalistes, écrivains et artistes préféreraient oublier le plus rapidement possible les assassinats, mais, d'abord, les tribunaux devraient décider du sort de la tueuse qui avait attenté au « noyau fondamental de la société ».

Depuis les origines de la république libérale, la famille fut souvent utilisée au Chili comme un instrument politique et législatif. Entre 1938 et 1952, par exemple, le Front populaire promulgua une série de lois sociales visant à protéger le foyer traditionnel, dirigé par un chef de famille qui devait être le mari. Et dans les années 1960, en pleine guerre froide, un des rares points d'accord sur l'échiquier politico-national explosif fut la place centrale de la famille dans le développement du pays. La fonction des sexes produite et reproduite par cette institution ne fut quasiment pas matière à débat. Même si de vastes secteurs sociaux rejoignirent la vie publique et que la révolution sexuelle toucha le corps des femmes, la structure familiale et sa répartition rigide des tâches demeurèrent pratiquement inchangées pendant ces années-là. Les femmes devaient être mères/épouses responsables de la nourriture et du bien-être du foyer, et les hommes, époux/pères chargés de subvenir aux besoins de la famille et de faire régner la discipline. Et ce fut ce modèle, déterminant pour l'avenir de la « grande famille nationale », comme l'appelle Doris Sommer, que María Teresa Alfaro remettrait en cause, dépouillant artistes et écrivains de leur répertoire visuel ou verbal.

La Teté, comme la surnommaient ses proches, avait commencé à travailler comme domestique un peu avant d'avoir dix-huit ans. Sa propre mère, blanchisseuse, l'avait recommandée à Magaly Ramírez. À partir de là, Teresa quitta la maison de ses parents pour aller vivre chez ses employeurs. Son travail débutait à l'aube et se terminait au crépuscule. Il incluait de dormir sur son lieu de travail et d'accomplir les tâches les plus diverses, du ménage à la cuisine, des courses au jardin. Dans le quotidien épuisant, être bonne à domicile impliquait de mettre de côté sa vie personnelle en faveur du projet d'un autre groupe familial. Et son rôle au sein de cette famille, le rôle de María Teresa Alfaro dans la conquête du bonheur des España-Ramírez, était celui d'une protagoniste invisible.

Dans ses déclarations au magistrat chargé de l'affaire, nommé depuis Santiago pour gérer rapidement le scandale de Buin, Teresa affirma à plusieurs reprises qu'elle était une « sorte de maîtresse de maison dans le foyer de M. España ». Et, interrogée sur sa relation avec les enfants, elle affirma qu'elle les aimait bien, surtout la fille aînée : « Des trois enfants, celle que j'aimais le plus était Magaly Ximena, parce qu'elle marchait, parlait et était très affectueuse. » La mère des enfants confirma l'importance de Teresa dans le groupe familial. « Teresa était dans mon foyer une sorte de maîtresse de maison », déclara-t-elle, en un étrange écho avec les paroles de la bonne. Et le tribunal, au moment de prononcer son verdict, signifia qu'« Alfaro avait commis un crime en brisant le bonheur et la loyauté qu'elle devait endosser en tant qu'employée de maison ».

Affection, loyauté et fidélité tournent en boucle dans la bouche des accusateurs, des juges et de l'accusée : l'attitude qu'on attend d'une employée de maison à domicile. Entre l'amour et l'obligation, entre la liberté et l'obéissance, Teresa était marquée par l'ambiguïté. Chaque jour, elle prépare les repas, mais ne s'assoit jamais à table, symbole de l'ordre familial. Elle se charge de nourrir les enfants et s'occupe d'eux, mais elle n'est en aucun cas leur mère. Elle nettoie, range et assure le bon fonctionnement du foyer, mais elle n'est pas non plus la maîtresse de maison. La bonne, selon un modèle où les tâches domestiques étaient et sont toujours le territoire des femmes, veille au bien-être de la famille à la place d'une autre femme : sa patronne. « Une sorte de », pour reprendre les mots de Magaly Ramírez. « Comme si » elle faisait partie de la famille, d'après le témoin Regina Mayorga. Son rôle se caractérise par une indétermination qui, seulement aujourd'hui, cinquante ans après les meurtres, permet de mesurer les tensions entre María Teresa Alfaro et la *vraie* mère, la *vraie* épouse et la *vraie* femme active.

[Journal d'une fiction]

Deux semaines plus tard et alors que je n'avais pas encore écrit une ligne, je tombe sur une interview. Dans un article publié dans la revue *Sábado*, la journaliste Margarita Serrano interroge Magaly Ramírez après quarante-cinq ans de silence. « Aujourd'hui je voudrais mourir, dit Magaly. C'est pourquoi je vous accorde cet entretien. » J'ai du mal à croire qu'elle soit encore en vie. Veuve, mais vivante. Qu'elle n'ait jamais quitté Buin. Et que, dans le même village, non loin, se trouve aussi Teresa Alfaro. Cette idée me paralyse. La vision de ces deux femmes dans leurs maisons respectives, enfin tranquilles, et moi ici, revivant cette histoire qu'elles ne veulent sans doute pas se rappeler. Le droit à l'oubli existe-t-il pour elles ? Je contemple ma page blanche. Je crains que ces mots, les miens, ravivent leur douleur[1].

Dès l'arrestation de María Teresa Alfaro et l'ouverture d'une information judiciaire à son encontre, l'avocat général ainsi que le juge s'employèrent à démontrer des tensions entre la domestique et sa patronne. Sergio España, le père et l'époux, passa au second plan tandis que, semaine après semaine, les déclarations des deux

1. Au moment où j'effectuais cette recherche, Magaly Ramírez était encore en vie. Elle est morte avant que je termine ce livre. (*Note de l'autrice.*)

femmes alimentèrent les reportages dans les journaux et dans le dossier d'instruction. Les victimes étant les trois enfants et la mère de Magaly Ramírez, l'idée qu'il s'agissait d'une affaire clairement féminine s'imposa. Une rivalité femme-femme étrangère aux classes et luttes sociales, mais déterminée par la jalousie et des problèmes de caractère qui déblayèrent le chemin vers un châtiment des plus sévères.

L'idéal féminin des années 1960 supposait un mariage heureux, une famille nombreuse et, dans certains cas, un travail rémunéré. Et Magaly Ramírez, avant le premier assassinat, incarnait cet idéal à la lettre. Mariée avec son amour de jeunesse, mère de deux enfants en bas âge et sage-femme à l'hôpital de Buin, elle avait une réussite personnelle et professionnelle éclatante. Mais ce succès ne dépendait pas exclusivement d'elle. Comme c'est toujours le cas dans beaucoup de familles contemporaines, sa conquête de l'espace public dissimulait une opération de subordination derrière les portes du foyer : le recrutement d'un corps féminin, un corps à disposition pour effectuer les tâches domestiques que la société avait déposées sur ses épaules et non sur celles de son mari. Et, à l'intérieur de ce foyer, dans une pièce au fond de la maison, María Teresa Alfaro représentait l'exact contraire de chacune des conquêtes de sa patronne : *non*-mère, *non*-épouse et employée dans la branche la plus dévalorisée du monde professionnel.

La promesse de bonheur contenue dans l'idéal féminin des années 1960 ne s'adressait pas à toutes les femmes. Certaines, seulement, pouvaient s'accomplir dans chacun de ces rôles. Et Teresa Alfaro n'aspirait sans doute même pas à cet idéal. Ce fut le message, clair, que lui envoyèrent ses patrons quand ils découvrirent que *leur* employée, en secret, s'écartait de la place qui lui correspondait et réclamait, pour elle, une autre vie. Ou, du moins, une vie.

En effet, malgré ses horaires professionnels stricts, l'obligation de dormir chez ses employeurs et d'avoir uniquement un jour de repos tous les quinze jours, Alfaro s'échappait la nuit pour rejoindre Segundo González, un homme marié avec qui elle avait une relation amoureuse et qu'elle voyait régulièrement. Cette aventure, en apparence sans lien avec le mobile du crime, fut centrale pendant le procès, influença les questions du juge et, aujourd'hui, permet de révéler les résonances de classes et de genre présentes dans cette affaire, qu'avocats, journalistes et magistrats persistèrent à nier.

« Segundo González était employé à la station-service, près de mon travail, et cette amitié était mal vue par mes patrons, déclarerait Alfaro sous serment. Même Mme Anita, à qui j'avais raconté que j'étais enceinte parce que je lui faisais confiance, me réprimandait. Elle m'avait conseillé de me faire avorter et m'avait prêté vingt escudos. Elle me reprochait de continuer de voir Segundo et ça m'énervait. »

La grand-mère des enfants comme les employeurs directs d'Alfaro tentèrent d'exercer une influence sur les décisions de *leur* domestique. Les trois fois où elle tomba enceinte, non seulement Teresa fut renvoyée, mais elle fut contrainte d'avorter pour pouvoir retrouver son emploi. « Ils m'ont souvent réprimandée, avouerait-elle. Ils me méprisaient. Ils me jetaient dehors quand j'étais enceinte et me reprenaient une fois que j'avais réglé le problème. »

Ce témoignage, qui aurait pu permettre au juge d'élaborer un mobile et d'expliquer pourquoi Alfaro avait assassiné tous les enfants de ses patrons, ne fut pas examiné pendant le procès. Du moins, pas à cette fin. Le magistrat n'estima pas que la pression exercée par la famille sur la domestique ait pu provoquer chez elle du ressentiment. En revanche, il se servit des trois avortements pour brosser le portrait d'une femme immorale et acharnée dans une « lutte contre la maternité ». L'avortement, illégal au Chili à l'époque comme encore aujourd'hui, fut utilisé par le magistrat responsable de l'instruction comme preuve à charge, et les médias ajoutèrent cette infraction aux autres transgressions de l'accusée. « Huit délits pèsent sur l'empoisonneuse de Buin », annonça *Las Últimas Noticias*, additionnant les quatre meurtres, la tentative de meurtre et les trois avortements. Les relations extra-conjugales de Teresa et ses interruptions volontaires de grossesse furent considérées comme des précédents évidents de son comportement criminel. « La conduite antérieure d'Alfaro n'est pas irréprochable, écrirait le juge, elle-même reconnaît avoir eu des relations sexuelles avec un homme marié et s'être fait avorter plusieurs fois. »

Teresa Alfaro, pourtant, ne désirait pas éviter la maternité. Elle aussi aspirait au modèle de féminité incarné par sa patronne, mais en tant qu'employée de maison logée sur son lieu de travail, ce projet lui était interdit. Trois fois elle aurait pu être mère et trois fois elle fut obligée d'avorter. Cette négation répétée, cette interdiction imposée encore et encore par ses employeurs, est la clé pour comprendre cette affaire. Ce qui était devenu inaccessible pour María Teresa Alfaro, la maternité, disparaîtrait aussi pour Magaly Ramírez, sa patronne. Le crime des biberons empoisonnés remettrait en question de la façon la plus violente et littérale la signification du mot *égalité*.

En assassinant tous les enfants de la famille España, Alfaro arrache à Magaly Ramírez son statut de mère. Et elle le fait, par ailleurs, avec un sinistre mode opératoire. Pour chaque crime, la domestique écrase les comprimés de strychnine et les dissout en secret dans le biberon des bébés, mais ce n'est jamais elle qui le leur donne. « Madame l'a donné au petit et il l'a bu entièrement », déclarerait-elle. Et Magaly Ramírez précise : « Teresa m'a apporté le biberon et moi, sans le goûter, je l'ai immédiatement donné à mon bébé. »

Victimes de cette manœuvre sophistiquée, qui pendant des années écarterait de tout soupçon la véritable coupable, c'est la mère elle-même et, une fois, la grand-mère, qui provoqueraient la mort des enfants. D'abord celle de la dernière-née, puis de l'aînée, enfin celle du seul garçon. Chaque fois, la mort se produit après qu'on a donné aux petits un biberon de lait, le symbole paradigmatique du maternel-féminin, lié à la pureté et à la nutrition. Magaly Ramírez, dans un geste involontaire, mais fatal, provoque la mort de ses enfants ainsi que l'extinction du rôle déterminant de sa féminité : être mère.

Mais cette rivalité douloureuse pour la maternité ne se limite pas au symbolisme du lait ni à la responsabilité de celle qui, en dernière instance, tue. Elle plonge ses racines dans un des actes les plus tabous et les plus communs parmi les crimes perpétrés par des femmes : l'assassinat de ses propres enfants. En effet, en plus d'être celle qui prépara les aliments empoisonnés pour les petits, Alfaro fut bien l'autrice indiscutable des meurtres. Lors d'une troublante substitution, c'est elle qui tue les enfants de Magaly Ramírez *comme s'ils* étaient les siens, *comme une sorte de* mère infanticide, une fausse Médée. María Teresa Alfaro commet les assassinats comme si elle faisait partie de la famille. Plus encore : comme si elle était la mère. Elle surveille, nourrit et elle tue, comme une *vraie* mère tuerait ses enfants.

Malgré elle peut-être, la presse se fit l'écho de ce transfert en publiant à maintes reprises d'étranges photographies. Sur celles-ci, c'est Teresa Alfaro, et non Magaly Ramírez, qui pleure, inconsolable. C'est Alfaro qui grimace, prend un mouchoir et sanglote devant les appareils photo, tandis que Ramírez apparaît stoïque aux côtés de son mari, regard méfiant, sans une seule larme dans les yeux. La fausse mère, l'usurpatrice, est celle qui réalise la performance de la *mater dolorosa*. Et son corps réunit les deux signes que Julia Kristeva associe par excellence à la maternité : le lait et les larmes. María Teresa Alfaro dépouille Magaly

Ramírez de sa fonction de mère et prend sa place en public dans le rôle de mère qui souffre.

[Journal d'une fiction]

Et si j'allais à Buin ? Si je m'aventurais dans les rues récemment goudronnées et frappais à la porte de Teresa Alfaro ? Que lui dirais-je ? Lui demanderais-je, comme en leur temps les journalistes et les avocats, pourquoi ? Très loin de Buin, dans le calme de mon foyer, j'essaie différentes voix pour écrire le récit. Troisième, deuxième, première personne. Je n'arrive pas à déterminer ma place. Qui suis-je dans cette histoire ? L'enfant morte ? La patronne ? Le père de famille ? Le miroir d'Alfaro est tellement opaque. Je n'ai pas eu de mal à me voir dans l'excentricité de Carolina Geel, à comprendre les motivations de Corina Rojas ou la situation de Rosa Faúndez. Mais face à María Teresa Alfaro, je me sens complètement muette. Je ne sais même pas comment l'appeler : Juana, Gladys, Flor. Sur qui suis-je vraiment en train d'écrire ? Qui désiré-je punir ? María, je pense. Et je commence une nouvelle version du récit avec ce prénom générique, marial. Mais à peine ai-je fini, que je raye ce prénom et écris l'autre, le vrai : Teresa, Teresa, Teresa, comme la sainte et la meurtrière.

Magaly Ramírez, bien sûr, n'était pas seulement mère. Elle était aussi fille, épouse et femme active. Teresa Alfaro se chargerait de détruire chacune de ces caractéristiques.

Après avoir assassiné les enfants de sa patronne, pendant des mois, la domestique broya des doses de strychnine dans le déjeuner et le dîner d'Ana Córdova,

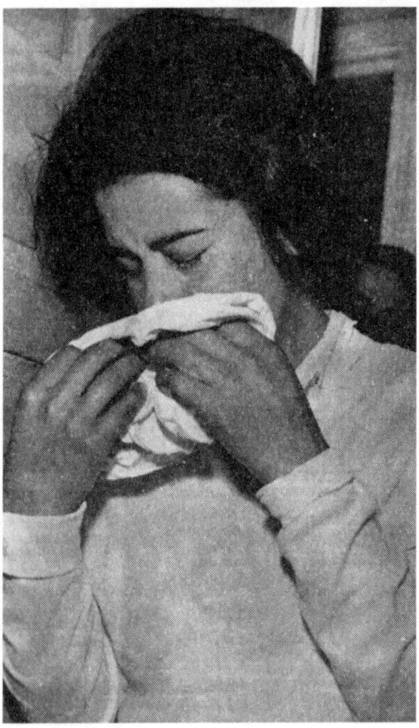

la mère de Magaly Ramírez, provoquant chez elle une longue et douloureuse maladie. Plusieurs fois, Córdova fut hospitalisée, mais les médecins et sa fille ne la croyaient pas réellement malade, attribuant ses douleurs et le tremblement de ses mains à « l'hystérie propre aux femmes ». Ils lui prescrivirent des bains tièdes, des sirops pour les nerfs et de longues périodes de solitude. « Ce qui m'a fait le plus mal, déclarerait Magaly Ramírez des années plus tard, ce fut de ne pas être capable, en tant que fille, de lui dire : "Non, maman, tu n'es pas hystérique." » Car au moment où surgirent les premiers soupçons, il était trop tard. Ana Córdova était morte d'une insuffisance hépatique supposément provoquée par l'hystérie. Et avec elle avait disparu le deuxième statut de la féminité exemplaire de Ramírez : celui de fille.

La troisième attaque contre Magaly Ramírez en tant que femme serait plus indirecte, mais tout aussi dévastatrice. Dès que l'affaire des biberons empoisonnés sortit dans la presse, elle fut présentée comme un drame intime, une tragédie familiale survenue entre les murs d'une maison bourgeoise. Et la place centrale de cet espace, comble de la sphère privée, fit naître des rumeurs sur un triangle amoureux : une relation sexuelle entre Teresa Alfaro et son patron, Sergio España.

La presse sensationnaliste reprit cette rumeur et affirma qu'Alfaro avait commis les crimes, poussée par la jalousie et le désir de détruire le couple. Mais l'indignation de Sergio España et le soutien inconditionnel de ses collègues empêchèrent ce bruit d'entrer au tribunal. Dans de longs courriers adressés aux journalistes, des médecins de diverses institutions témoignèrent qu'España était un bon père de famille. « En toute responsabilité, nous pouvons dire que, sur sa terre natale, nous qui l'avons vu grandir ou avons grandi avec lui sommes fiers de son dévouement à l'égard des autres sur le plan professionnel, culturel et affectif », affirmeraient-ils, soulignant par ailleurs sa « réputation fort méritée de médecin, homme public, chef de foyer et ami ». Cependant, le mal était fait. La possible infidélité demeura gravée dans l'opinion publique et anéantit un autre statut fondamental dans la vie de Ramírez, celui d'épouse exemplaire. Fille, épouse et mère, les trois états de la féminité qui fondent le modèle marial, seraient démolis un par un par les crimes de María Teresa Alfaro.

Il restait uniquement à Magaly Ramírez son statut de femme active. Et même si à première vue il s'agissait du seul rôle que les deux femmes avaient en commun, le seul qu'Alfaro n'avait pas de raisons apparentes de défier, la valorisation sociale de leurs métiers était radicalement différente. Si, au moment où Teresa fut arrêtée dans sa saga criminelle, 64 % des femmes qui émigraient en ville étaient employées de maison, cette profession n'était pas considérée, ni statistiquement ni symboliquement, comme un vrai travail. Une invisibilisation qui remonte au début du XXe siècle : même le syndicalisme féminin n'admettait pas de domestiques dans son organisation, considérant que leur métier n'était pas respectable. À l'extrême opposé, Magaly Ramírez était en revanche aux yeux de la société une femme active à part entière. Une salariée importante de l'hôpital de Buin, qui donnait des conférences sur le soin et l'alimentation des nouveau-nés aux populations dites vulnérables, et dont le travail de sage-femme était hautement valorisé. Jusqu'aux crimes, bien entendu. La mort soudaine de ses enfants porta sans doute atteinte à la réputation professionnelle d'une femme qui se consacrait au bien-être des bébés. Par conséquent, son image de femme active en subit probablement aussi les conséquences.

Puisque María Teresa Alfaro était marquée par l'indétermination au sein de la famille España-Ramírez et par la négation de tout rôle en dehors, ses crimes transféreraient d'identiques négations sur sa patronne. Les juges et les avocats auraient beau s'employer à réduire l'affaire à des problèmes de personnalité d'Alfaro, voire à une supposée pathologie psychiatrique, une lecture attentive du dossier judiciaire fait ressortir des tensions évidentes de classe et de genre. Dans une succession de violences femme-femme, Alfaro semble rétablir l'équilibre entre sa patronne et elle : puisqu'elle avait avorté trois fois, elle tuerait trois enfants des Ramírez ; puisqu'elle ne pouvait pas avoir de mari, elle briserait son mariage ; et puisque son travail n'était pas pris au sérieux, celui de sa patronne ne le serait pas non plus. Teresa Alfaro transforme Magaly Ramírez en *non*-mère, *non*-épouse, *non*-femme active. Elle élimine, ainsi, les attributs essentiels d'un modèle de féminité qui lui était interdit.

[Journal d'une fiction]

J'ai eu beau résister, je finis par lire le compte rendu du procès. Ses pages ne sont pas jaunies comme les autres dossiers, elles sont dactylographiées et d'une clarté indéniable. Je n'avais pas voulu le lire par crainte que la vérité détruise la fiction. Par crainte que ses paragraphes anéantissent les miens et que je ne puisse pas écrire le récit que j'avais commencé. Dossier 18.429. Alfaro Hidalgo, María Teresa. Je connais très bien la langue juridique. Cette voix sèche et froide, ce chœur de juges et d'avocats qui cherche à s'imposer aux autres. Je souligne leurs définitions, leurs préjugés. Je lis la composition chimique du poison. Je me dis que c'est peut-être le chemin, et qu'à la fin une idée surgira. La voix qui juge et la voix jugée. Celle qui arme et celle qui désarme. Celle qui châtie et celle qui expie. La voix de Teresa et celle de la loi.

Dès que María Teresa Alfaro avoua sa culpabilité et que les experts découvrirent des traces de strychnine dans un des cadavres exhumés, la grande question pendant le procès fut *pourquoi*. Le jugement signé par Julio Aparicio établit qu'il s'agissait d'un « mobile secret, dont il a été impossible d'obtenir la révélation », mais quelques lignes plus bas le même magistrat affirma que « le mobile fut pervers, nourri par la jalousie, l'esprit de vengeance et un intérêt mesquin d'ordre passionnel ». Avec une argumentation très douteuse, le juge ne cessa de se contredire. Il ajouta que « le mobile qui a poussé l'accusée Alfaro à tuer fut, selon ses déclarations, la contrariété, la colère qu'elle ressentait envers ses employeurs qui intervenaient dans ses histoires d'amour ». Il en conclut tout simplement qu'il s'agissait d'un crime sans motivation apparente.

Au fil des mois, Alfaro serait extrêmement vague dans ses réponses. Interrogée par des policiers, des psychiatres et des avocats, elle déclarerait : « Je ne peux pas dire au tribunal quelle raison me poussait à agir comme je l'ai fait, car moi-même je ne me l'explique pas encore. » Comme si elle ne pouvait pas trouver en elle les mots, ou comme si les sentiments se confondaient entre eux, Teresa affirma ne pas comprendre son comportement. Pourtant, plus tard, lorsqu'elle répondit à des questions sur son quotidien, la colère et la contrariété furent énoncées très précisément. « Ils m'ont accusée du vol de cinquante mille escudos et ça m'a mise en colère, dit-elle. Madame et le docteur n'arrêtaient pas de me réprimander, de me dire que je devais le quitter [Segundo] et ça m'énervait », ajouta-t-elle. Et sans attendre une question supplémentaire, elle interrompit le policier et enfonça le clou : « J'ai oublié de dire que je n'aimais pas non plus que Mme Anita se mêle de mes affaires. »

Colère, dit Alfaro. Colère parce qu'on l'avait accusée de voler. Colère parce qu'on l'empêchait de poursuivre sa liaison avec Segundo González. Colère parce qu'on l'avait obligée à se faire avorter. Contrariété parce que le chien Kenny « salissait les pièces et mettait de la boue partout et [que] je devais tout nettoyer ». Dans la voix de Teresa Alfaro, la colère contient une affirmation puissante : elle aussi avait droit à une relation de couple et à être mère quand elle le voulait, elle aussi avait droit à un travail considéré sérieusement et à ne pas être accusée de vol ni à être sermonnée par ses patrons. Sa colère dit haut et fort qu'elle désirait une autre vie. Une vie supportable, selon les mots de Sara Ahmed, ou une vie vivable, d'après Judith Butler. La colère de Teresa Alfaro contient un double sens très clair : le refus de sa subordination et l'affirmation d'autres aspirations.

Mais c'est peut-être aller trop loin. La colère d'Alfaro est imprécise et au-delà de situations spécifiques, elle-même ne parvient pas à la cerner. La colère surgit, elle est mentionnée par rapport à son amant et au chien, mais elle ne projette pas toute son ombre. Le jugement évoque un mobile répréhensible, ce que la presse qualifie de ridicule. « Les limiers de la brigade des homicides considèrent le mobile absurde comparé à la préméditation des assassinats », indique la revue *Vea*, et *El Diario ilustrado* ajoute que « d'inexplicables idées ont germé dans l'esprit de la domestique ». Pourquoi estima-t-on que la colère n'était pas une motivation suffisante ? Qu'y avait-il de *répréhensible* dans les sentiments de María Teresa Alfaro ?

Dans un bref et brillant essai, la philosophe Marilyn Frye tente une réponse. La colère, prévient-elle, suppose toujours l'existence d'un agent qui cause une douleur. Par conséquent, il n'est pas légitime, par exemple, d'éprouver de la colère contre le ciel parce qu'il pleut. Il s'agit d'une émotion née d'une injustice, pas d'une simple malchance, et admettre cette injustice suppose d'exiger une réparation. Selon cette logique revendicatrice, la colère est considérée par Frye et d'autres philosophes comme un sentiment politiquement fondamental et cette dimension explique qu'elle suscite tant de résistances quand elle est liée au féminin. Dans le corps des femmes, la colère est généralement qualifiée de démesurée, d'irrationnelle, d'origine hystérique, des épithètes qui remplissent la fonction de délégitimer les causes de cette colère et d'effacer ainsi celle qui la ressent.

Le jugement, dans ce cas, suivrait le scénario habituel de la colère féminine et l'éliminerait comme mobile. « Les délits dont il est question n'ont pas été commis par vengeance immédiate d'une grave offense causée à l'accusée ou à ses proches, puisque, au cours du procès, il n'apparaît en aucune manière qu'elle ait été offensée. » Et sans offense, pas de coupable ni de colère possible. L'état d'oppression que subissait au quotidien Alfaro, ses conditions de vie, le fait qu'elle ait été contrainte d'avorter, accusée de vol et réprimandée par ses patrons ne sont pas des éléments considérés comme recevables par le juge. Dans ses raisonnements tortueux, le tribunal dit à Alfaro qu'elle ne pouvait pas se mettre en colère contre le ciel parce qu'il pleut. Être domestique logée à demeure et sacrifier sa vie pour celle d'une autre famille était aussi naturel que la pluie. Alfaro, pour le magistrat en charge, n'avait pas le droit d'être mère, ni épouse, ni femme active. Et non seulement elle ne devait pas ressentir de la colère, mais devait exprimer une profonde gratitude.

Le juge, en écartant la colère comme mobile des meurtres, étouffe délibérément la dimension sociale de l'affaire. Cette stratégie n'est pas du tout accidentelle. Prendre au sérieux la colère d'une bonne, reconnaître qu'en effet elle avait tué parce qu'elle était révoltée à cause des injustices quotidiennes qu'elle subissait dans sa vie, aurait signifié mettre à découvert une des plus profondes fissures de la structure sociale chilienne. Une structure qui, ces années-là, était au cœur de violentes disputes idéologiques et que les tribunaux préférèrent laisser en dehors du procès.

Les années 1960 furent au Chili une véritable charnière historique. Une décennie où le monde paysan intégra activement la vie politique, où débuta et se développa la réforme agraire et où la société se divisa comme jamais auparavant. Au moment où Alfaro était jugée, le Chili passait par un point d'inflexion. Après le triomphe de la révolution cubaine et l'élection présidentielle de 1958 où Salvador Allende était arrivé en deuxième position, les États-Unis organisèrent dans le pays la fameuse *campaña del terror*, une opération de la CIA destinée à empêcher à n'importe quel prix l'élection d'un gouvernement socialiste, et qui invoquait avec insistance les dangers présumés du marxisme pour les familles chiliennes. Une publicité, citée par l'historienne Sofía Correa, illustre le lien entre cette campagne et l'affaire Teresa Alfaro. L'annonce « commençait avec les tirs d'une mitrailleuse et les cris d'une femme à cause de la mort de son fils tué par les communistes ; ensuite, une voix masculine disait : "Pour éviter que cela arrive au Chili, votez pour Eduardo Frei". »

L'assassinat d'enfants par des communistes devint un lieu commun au cours des années 1960 et 1970. C'est pourquoi les campagnes politiques de gauche réveillaient ce genre de démons, réaffirmant la place centrale de la famille dans le développement du pays. La figure du communiste mangeur d'enfants des familles bourgeoises, loin d'être une absurdité politique de la guerre froide, pouvait résonner dans la figure de la Teté, mais il fallait nier sa colère, ignorer toute inégalité de classes et l'oublier elle aussi.

L'affaire des biberons empoisonnés réunissait beaucoup, peut-être trop, de conflits fondamentaux de ces années-là. C'était un attentat contre la famille bourgeoise et contre un système de classes ouvertement remis en cause, mais ses connotations politiques et sociales furent éludées par le juge ainsi que par les avocats, et ne furent pas davantage prises en compte par les artistes de l'époque. Dans une décennie où musiciens et cinéastes s'engageaient dans des revendications exemplaires des classes populaires, des années où la nouvelle chanson chilienne et le nouveau cinéma latino-américain cherchaient à mettre en valeur des sujets sociaux jusque-là ignorés, la fameuse bonne diabolique pouvait difficilement les inspirer. Surtout si l'affaire ne contenait ni héroïsme ni lutte des classes, et était présentée au public comme le résultat de désordres psychologiques ou de raisons personnelles. Alfaro n'était pas le Chacal de Nahueltoro, un assassin devenu martyr après son exécution médiatisée et dont les crimes, en plus d'inspirer le film éponyme de Miguel Littín, furent immédiatement expliqués comme la conséquence d'une vie d'injustices et de marginalité[1]. Ni la romantique Corina Rojas, prisonnière d'une idée ingénue de l'amour qui suscita plus de consensus que de dissentions au début du XXe siècle. Dissimulé sous la loyauté, la gratitude et l'affection, le travail domestique demeura à distance des conflits idéologiques de l'époque, et il n'y eut pas une seule voix pour oser mettre en avant la dimension sociale latente dans ce sinistre enchaînement de meurtres. Il était plus convenable de circonscrire l'affaire à un problème de jalousie typiquement féminine, de punir rapidement la coupable et de tourner la page une fois pour toutes.

[Journal d'une fiction]

Dans mon cahier je recopie des phrases du jugement. Je les ai sélectionnées avec patience, extirpées avec précision pour exfiltrer du répertoire étroit de la loi une dizaine de mots dangereux. *Volitif. Déficience. Contrôle. Antidote.* À leur côté, les miens remplissent quelques pages. Je me répète que le chemin vers le sentiment est le chemin vers le crime, tandis qu'à la première personne, dans cette autre voix, je tente de tisser un récit semblable à celui de Teresa Alfaro, et cependant différent. La solitude. L'isolement. La colère. La vengeance. Je veux que la vérité de la loi reste confrontée à une autre langue. Que mes mots et les siens se retrouvent sur la page et

1. Jorge del Carmen Valenzuela Torres, paysan analphabète chilien qui assassina sa compagne et leurs cinq enfants en 1960, condamné à mort et fusillé en 1963. Sa rédemption finale émut l'opinion publique. *El Chacal de Nahueltoro*, de Miguel Littín, sortit en 1969.

qu'ils se frôlent d'abord, à peine, puis se frottent un peu plus, et qu'à la fin, à mesure qu'approche le dénouement, ils se heurtent avec force, se cognent avec fureur, avec violence, jusqu'au jaillissement de la première étincelle.

Malgré la culpabilité indéniable de María Teresa Alfaro, ses crimes ne pouvaient pas demeurer sans explication. Et dans la hâte de trouver un mobile et de clore ainsi le dossier, l'affaire des biberons empoisonnés prendrait le même chemin que d'autres assassinats commis par des femmes. Loin de la colère dangereuse ou de la lutte des classes compromettante, le jugement se tournerait vers la jalousie et la passion.

Magaly Ramírez serait fondamentale dans le cautionnement de ce raisonnement et plusieurs témoins confirmeraient ses affirmations. « Le mobile des crimes qu'elle a commis contre mes enfants et ma mère, y compris contre mon chien, c'est la jalousie, assura Ramírez. Apparemment elle voulait être la seule, l'indispensable, et elle s'est acharnée à m'arracher ce qui m'était le plus cher. Je n'ai dit à personne que Teresa mettait mon parfum que je ne porte jamais. »

Dans une déclaration confuse, Ramírez prononce le mot *jalousie* mais pointe, en réalité, un autre sentiment : l'envie. Une émotion que la philosophe Sianne Ngai associe à la colère et qui, de même que la colère, surgit en réaction à une injustice. Mais nommer l'envie et la placer dans le corps de María Teresa Alfaro était trop risqué. Cela aurait exigé une reconnaissance de l'inégalité de classes si soigneusement évitée pendant le procès, et obligé le tribunal à se demander ce qu'Alfaro voulait et ne pouvait avoir, c'est-à-dire quel était l'objet de cette envie. Et la réponse aurait indiqué la triple négation déjà mentionnée : être mère, être épouse, être active. Trois désirs trop problématiques pour une domestique, et qui seraient remplacés par la jalousie, plus romantique et acceptable.

Quand elle entendit les propos de sa patronne, Alfaro réagit vivement. Avec une détermination qu'elle avait peu manifestée jusque-là, elle répliqua : « Ce n'est pas la jalousie, comme vous me demandez, qui m'a poussée à commettre les délits que j'ai reconnus, car en vérité j'étais une sorte de maîtresse de maison dans le foyer de M. España. Donc je n'éprouvais pas ce sentiment. »

Les paroles d'Alfaro sont accablantes. Elle n'écarte pas la jalousie parce qu'elle considère cette accusation fausse ou fantasque, ne la rejette pas parce qu'elle l'estime imprécise ou offensante, ne fait pas allusion à l'envie ni à la colère, mais assure qu'elle *était déjà* une sorte de maîtresse de maison, c'est-à-dire qu'elle possédait déjà ce qu'elle désirait supposément pour elle seule, même s'il s'agissait d'une usurpation, une pure extension des fonctions de sa patronne.

Le pouvoir de la jalousie, de toute façon, serait écrasant et permettrait de résoudre cette affaire sans avoir besoin de creuser dans ces zones scabreuses que sont l'envie et la colère. L'avocat général, Reinaldo Rodríguez Bull, demanda dans sa plaidoirie de considérer comme des circonstances aggravantes la préméditation, la trahison et l'abus de confiance. Il n'y eut aucun contrepoids à ses accusations. Personne ne contesta la plainte pénale car personne ne défendait Teresa Alfaro. L'accusée n'eut pas d'avocat en première instance et au dernier moment seulement, son dossier se retrouva sur la montagne de causes perdues entassées dans les bureaux de la Corporation d'assistance juridique. Quelques jours à peine avant la fin du délai de recours, les jeunes diplômés de la faculté de droit ne purent pas faire grand-chose pour elle.

Le magistrat reconnut la jalousie comme mobile, rédigea quelques lignes sur les femmes et leurs impulsions passionnelles, et considéra l'affaire classée. Le crime de la Teté, bien que puisant ses origines dans de profondes inégalités, fut finalement jugé comme naturel : un homicide perpétré par une domestique diabolique et jalouse qui devait être châtiée le plus vite possible. Dans une argumentation chaotique mais efficace, le tribunal transforma le thème complexe des classes en un attribut intrinsèque à toutes les femmes : Corina Rojas, Rosa Faúndez, Carolina Geel et, bien entendu, la fameuse Teté. María Teresa Alfaro Hidalgo, chilienne, native de Santiago, vingt-trois ans, célibataire, analphabète, employée de maison, serait déclarée coupable du meurtre de trois enfants et d'une adulte, en plus de la tentative de meurtre sur une mineure. Et elle serait condamnée, en première instance, à la peine maximale du système juridique chilien : la peine capitale.

Alors, comme cela s'était passé avec Corina Rojas, la presse oublia sa sévérité initiale pour critiquer l'inclémence de la sanction. Les mêmes journaux qui, trois ans plus tôt, avaient réclamé sa mort, choisirent à présent de nuancer leurs opinions. Comme si l'exécution, d'une certaine façon, risquait de rendre plus réelle la meurtrière, *Las Últimas Noticias* émit des doutes sur sa culpabilité et s'interrogea sur la nécessité de fusiller la domestique. Dans un long reportage, le journal affirma que parmi les corps exhumés, on avait trouvé uniquement de la strychnine dans les viscères du chien et de la fille aînée, et qu'avec à peine un seul délit vraiment avéré et des aveux obtenus sous la menace, il fallait réévaluer le châtiment. Une puissante stratégie de représentation vint compléter ces articles. Dans les semaines qui suivirent le verdict, la presse publia des dizaines de photos et d'illustrations d'une Alfaro inconsolable et repentie. La terrifiante Teté, la femme qui avait empoisonné trois enfants et leur grand-mère, paraissait, du moins sur les portraits, totalement désarmée. « Si la sentence dictée par le juge Julio Aparicio était exécutée, María Teresa Alfaro serait la première femme fusillée au Chili et la troisième coupable d'homicides terriblement choquants, après Corina Rojas et Rosa Faúndez », signala *El Diario ilustrado*.

Mais María Teresa Alfaro ne serait rien d'autre qu'un nom de plus dans une véritable généalogie de meurtrières que j'ai moi-même voulu déterrer, car elle ne serait pas la première femme exécutée du pays. La cour d'appel, comme cela s'était produit encore et encore avec d'autres criminelles, profita du fait que les médias étaient occupés à couvrir le tremblement de terre de Taltal, le dernier round dans l'arène politique et la course à l'espace entre les États-Unis et l'Union soviétique, pour revoir la lourde sentence

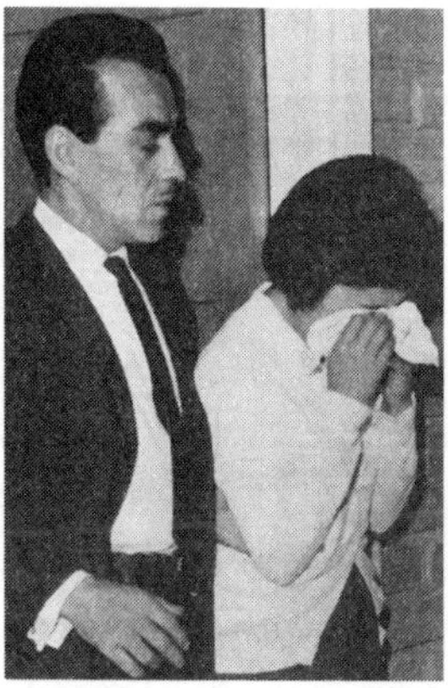

et sauver la domestique du peloton d'exécution. Les magistrats de la cour d'appel réexaminèrent les analyses toxicologiques, la procédure d'exhumation des cadavres et la violence avec laquelle Alfaro avait été interrogée par la police, et estimèrent qu'il n'y avait pas de preuves pour tous les délits. Il était seulement possible de condamner Alfaro pour un meurtre et une tentative de meurtre, ce qui les conduisit à réduire la peine de manière considérable : dix-neuf ans de réclusion.

Après avoir entendu le verdict, María Teresa Alfaro fut conduite par deux policiers dans la prison pour femmes où, des années plus tôt, Carolina Geel avait écrit son célèbre livre. Et, loin de Buin, à l'abri des flashs des appareils photo, suivant une routine stricte, la Teté purgea un peu plus de la moitié de sa condamnation. Il lui restait encore neuf ans de prison quand elle apprit dans sa cellule qu'elle était libérée pour bonne conduite. Dix ans derrière les barreaux avaient suffi pour reléguer son dossier aux archives cadenassées de la fragile mémoire nationale. Et, dans le silence de cet oubli, Alfaro comme ses anciens employeurs tentèrent de refaire leur vie. Magaly Ramírez et Sergio España s'efforcèrent d'effacer à tout prix, à n'importe quel prix, les traces de Teresa Alfaro. Ils n'engageraient plus jamais de domestique, refuseraient de changer de ville et, avec le temps, auraient exactement trois enfants. Quant à María Teresa Alfaro Hidalgo, elle deviendrait épouse, mère, et travaillerait jour après jour sur des marchés, allant de place en place, de ville en ville, mais dehors, toujours dehors, loin de la chambre de bonne solitaire.

Épilogue

LE THÉÂTRE DU CHÂTIMENT

La première fois que je suis allée à la Bibliothèque nationale chercher des informations sur ces affaires, j'ai fait ce que feraient beaucoup de lecteurs : commencer par la fin. J'étais impatiente de connaître le destin des meurtrières et je devinais que leurs condamnations seraient plus parlantes que les mobiles de leurs crimes. Le résultat de ma recherche me donna raison : Corina Rojas, graciée. Rosa Faúndez, libérée après quelques années de prison. Carolina Geel, graciée. Teresa Alfaro, de retour à Buin après dix ans de réclusion.

Les célèbres assassines n'avaient pas fini leurs jours dans une cellule et n'étaient pas mortes non plus d'une balle dans le cœur. Un dénouement étonnant compte tenu de la gravité et de la violence de leurs actes, ainsi que des nombreux articles qui, dès le premier instant, avaient réclamé les châtiments les plus forts. Avaient-elles été épargnées parce que c'étaient des femmes ? La clémence était-elle un geste retors de galanterie ? Le peloton d'exécution aurait-il été un signe d'égalité ?

Dans le monde, seulement 5 % des homicides sont commis par des femmes. Par conséquent, établir des équivalences entre les condamnations masculines et féminines peut prêter à confusion. Aux États-Unis, où la peine de mort est toujours en vigueur, cinquante-quatre femmes ont été exécutées depuis 1900. Certains en ont profité pour brandir cette donnée comme un triomphe : égales dans la vie, égales dans la mort, disent-ils, sans prendre en compte le nombre inférieur de délinquantes ni celui d'hommes exécutés pendant cette période : plus de huit mille. Le cas du Chili est très différent. Dans l'histoire de la peine capitale, abrogée récemment en 2001, il n'y a pas une seule femme exécutée. En dehors de la période de la dictature, un total de cinquante-cinq hommes, tous condamnés pour homicide, ont marché à l'échafaud, mais aucune femme. Leurs condamnations, sans exception, ont toutes été suivies d'un type de clémence. Pourquoi l'État n'a-t-il pas cessé de gracier les meurtrières ? Qu'est-ce qui se cache derrière le panache apparent du pardon ?

Dans son magnifique essai sur le crime et la littérature, Josefina Ludmer s'interroge sur les connotations symboliques de la femme violente. « Les femmes qui tuent, note-t-elle, ce n'est pas juste une phrase indiquant une action féminine délictuelle, c'est surtout une expression se référant à une catégorie de femmes qui assassinent symboliquement les hommes car elle possède quelque chose, des armes. » Et ce qu'on fait d'une femme armée, l'exécuter ou lui pardonner, la garder derrière les barreaux ou la remettre en liberté, a de lourdes conséquences.

Fusiller une femme homicide implique d'admettre une réalité que la société s'est efforcée pendant des siècles de nier. La ligoter, lui bander les yeux et la conduire au peloton d'exécution sous le regard attentif des journalistes et des curieux supposent de reconnaître que cette femme existe et qu'elle est responsable de ses actes. Ce n'est pas une hystérique, elle n'est pas malade ni folle à lier. Appuyer sur la gâchette, c'est accepter, dans les faits, dans l'imagination et le langage, un sujet systématiquement nié. Et cette reconnaissance, si elle s'était produite, aurait remis en question un modèle de genre qui répète avec obstination que les femmes sont passives, prudentes, sacrificielles, amoureuses et, surtout, inoffensives.

Face à ce dangereux scénario, le pardon apparaît comme une meilleure alternative. Il est souvent octroyé quand l'affaire a perdu une résonance publique et n'exige guère plus qu'une simple signature du président. Et loin, très loin d'être un geste de galanterie, il sert des intérêts plus complexes. Tout en libérant la femme transgressive et en la sauvant de la mort, le pardon renforce les fondations symboliques de l'inégalité de genre et désactive le pouvoir latent chez la criminelle. Le président, quand il signe le décret dans la solitude de son bureau, affirme entre les lignes ceci : nous vous accordons la grâce car vous ne représentez aucune menace ou parce que cette menace, en réalité, n'est pas assez grave pour qu'on vous fusille ou même qu'on vous maintienne derrière les barreaux.

Nous vous gracions, Madame, car vous n'êtes qu'une femme. Et, de fait, une femme désarmée.

Désarmer la délinquante était une mission urgente face à des homicides aussi choquants que ceux commis par Corina Rojas, Rosa Faúndez, María Carolina Geel et Teresa Alfaro. Et les tribunaux ne furent pas les seuls à s'y atteler. La presse remplit un rôle central et beaucoup d'artistes et d'écrivains, parfois malgré eux, contribuèrent à la manœuvre. À travers des articles dans les journaux, des éditoriaux, des tracts, des romans, des poèmes, des chansons et des pièces de théâtre, artistes et journalistes participèrent au processus de désarmement et de normalisation. Et presque toujours ils atteignirent leur objectif : domestiquer, par la jalousie, l'amour, la folie ou la clémence, la femme insoumise.

Les photographies occuperaient également une place essentielle. Photographier, c'est voir. Et voir c'est cadrer, c'est définir. Une image est capable d'absoudre ou de condamner. Ce peut être une forme voilée de châtiment ou une façon détournée d'imposer la loi. L'objectif fixerait et viserait encore et encore les quatre femmes homicides pour les capturer (si on peut dire). Les journaux les plus réservés publièrent des portraits en gros plan des accusées pour illustrer leurs reportages. Des femmes avec des visages mais sans corps, sans mains capables d'empoigner une arme, sans jambes susceptibles de les emmener ailleurs, et surtout sans décor extérieur, sans ville, sans la possibilité effrayante de sortir du cadre de la photo et de contaminer les rues de leur présence perturbatrice.

D'autres médias choisirent des clichés plus compromettants, qui remplissent un rôle similaire dans les affaires de crimes perpétrés par des hommes et des femmes. Il s'agit de photos qu'aujourd'hui encore on peut voir dans les journaux, où les meurtrières apparaissent cette fois à l'extérieur, mais entourées de représentants de la loi : des hommes qui leur prennent le bras ou le coude et qui, en uniforme, les entourent, les protègent et les guident, comme si elles étaient fragiles et honteuses. La punition, dès le premier instant, cherchait à produire son effet principal : un effet dissuasif sur celles qui n'avaient commis aucun délit. La tueuse, tête basse, cachée sous des châles et des foulards qui la rendaient invisible, était le meilleur avertissement pour d'autres délinquantes. Un vrai calvaire attendait les potentielles criminelles, c'est-à-dire *toutes les femmes*, qu'il était prudent d'éviter.

Les commentaires au pied de ces photographies dirigent le regard. Ils disent, succinctement, ce qu'il faut voir : « transférée à la prison pour femmes », « escortée au tribunal », « conduite à un nouvel interrogatoire ». Les légendes pointent un verbe : bouger. Déplacer, sortir le plus vite possible du devant de la scène. Tel fut, en fin de compte, le but de la clémence. Éviter une exécution susceptible de transformer les assassines en martyres ou saintes. Retirer du feu des projecteurs ces femmes dangereuses et les reléguer, rapidement, à un territoire d'ombres. Une zone intermédiaire entre le passé et le présent, entre le réel et l'irréel, où elles traîneraient dans l'attente d'être de nouveau appelées sur la scène de crime.

[Corina Rojas transférée au tribunal]

[Rosa Faúndez entourée de plusieurs membres de la brigade criminelle]

[María Carolina Geel protégée par les carabiniers du Chili à la sortie de l'hôtel Crillon]

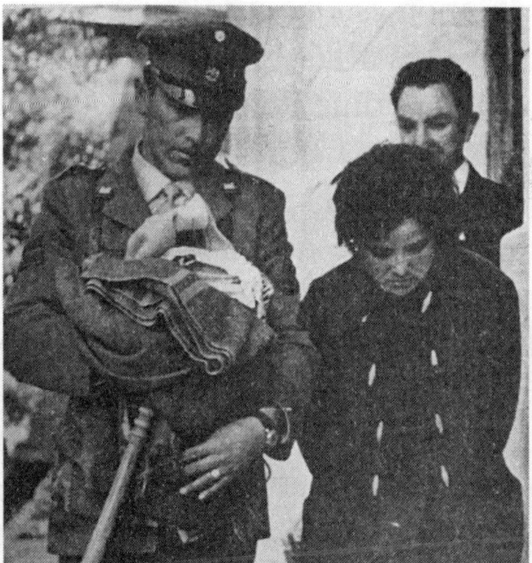

[Teresa Alfaro accompagnée par un policier]

Et sur les planches des théâtres, sur les écrans de cinéma, dans les pages des romans, des nouvelles, des poèmes, dans les chansons, ces femmes réapparaîtraient tout au long du XXe siècle pour affronter, encore et toujours, le châtiment ou le pardon : un pardon destiné à les désarmer ou un châtiment cherchant à relativiser la culpabilité féminine.

Mais entre la miséricorde et la punition, il existe un troisième choix : prendre au sérieux la violence perpétrée par les femmes. Si l'histoire du féminisme, comme l'indique Sara Ahmed, est une histoire de transgression, intégrer les désobéissantes, les trouble-fêtes, les emmerdeuses et aussi les criminelles, est une mission nécessaire. Les cas extrêmes, pour paraphraser la critique Susanne Kord, permettent de questionner ce que nous considérons comme normal, et cette interrogation est, aujourd'hui, un acte de survie.

Comprendre ces affaires et leurs causes ne signifie pas cautionner le crime féminin ni demander l'impunité des coupables. Examiner leurs dossiers et les œuvres qu'elles ont inspirées n'est pas une simple indiscrétion, mais une des façons les plus claires de voir en action les lois qui régissent la féminité et qui prescrivent quels espaces nous pouvons occuper et ceux qui nous sont interdits, ce que nous pouvons dire et quels mots sont indicibles, quelles émotions sont acceptables et lesquelles ne le sont pas. La violence féminine menace les normes qui définissent ce qu'est être une femme et permet de revoir avec un œil critique les lois invisibles du genre. Celles qui associent le féminin à la faiblesse et à la soumission, et qui alimentent au quotidien l'inégalité et la violence. Et ces lois, plus encore que celles écrites dans les codes et les règlements, jouent un rôle fondamental dans le théâtre du châtiment. Là, dans les salles des tribunaux, on juge autant le crime pénal qu'un gravissime crime de genre. Et ce jugement n'affecte pas uniquement les meurtrières. Quand une femme qui tue est transférée au tribunal, quand elle monte les escaliers qui la mènent au-devant de la scène et qu'elle traverse les longs couloirs pour entendre, à la fin, le verdict redouté, elle n'est jamais seule. Donnant la main à Corina Rojas, suivant le pas déterminé de Rosa Faúndez, aux côtés de Caroline Geel et de María Teresa Alfaro, nous toutes montons les mêmes escaliers, marchons dans les mêmes couloirs, entrons dans le même tribunal et, regardant dans les yeux un juge qui n'est jamais seul, qui est, en réalité, le grand jury de la société, nous affrontons, ensemble, le poids de la loi.

ÉPILOGUE À LA DEUXIÈME ÉDITION

ÉCHOS

Qu'est-ce qu'un écho ? Quelle est son origine ? Comment décrire le vide qui le propage ? Dans ce livre, j'ai choisi d'appeler « échos » les productions culturelles inspirées par les assassinats perpétrés par des femmes pour représenter graphiquement les résonances que produit le crime féminin. Ce mot, comme tout mot, n'est pas le fruit du hasard et vient d'un mythe raconté par Ovide dans *Les Métamorphoses*. Écho, selon cette histoire, aurait été condamnée par la déesse Héra à un châtiment inhabituel : répéter pour toujours les derniers mots qu'elle avait entendus. Conséquence de cette sanction, Écho, peu à peu, devient pure voix, mais le paradoxe de sa punition, c'est qu'elle n'a jamais sa propre voix. Reproduire celle des autres, telle est sa peine. Un châtiment similaire à celui qu'expérimente une femme violente dans notre culture, condamnée à un silence qui est rempli, sans arrêt, par les mêmes mots significatifs : sorcière, vampire, *femme fatale*[1], hystérique, folle,

1. En français dans le texte.

jalouse, Médée, La Quintrala. Des échos qui empêchent d'analyser les facettes complexes d'un comportement aussi opaque et crypté que la violence féminine dans un contexte qui définit encore « être femme » comme synonyme de passif, docile, serviable ou sacrificielle. Pourquoi un tel phénomène ? Quel type de vide culturel permet une répétition aussi insistante ? *Assassines* propose des réponses à ces questions en mettant l'accent sur la représentation de la femme criminelle et son écrasant pouvoir normatif.

Les échos des quatre affaires que j'étudie dans ce livre ont souvent été entendus à contretemps. Corina Rojas commit son meurtre en 1916 et inspira un roman à l'écrivain Carlos Droguett dans les années 1950. En 1923, Rosa Faúndez perpétra un meurtre violent dont le metteur en scène et acteur Alfredo Castro s'empara au début des années 1990. María Carolina Geel vit son homicide démultiplié en nouvelles et récits au XXIe siècle seulement, alors qu'il datait de 1955. Quant à la série d'assassinats imputables à María Teresa Alfaro au début des années 1960, elle fut reprise en 2019 ici, dans ce livre, mon livre. Un essai qui, une fois publié, produisit à son tour des échos que, dans cet épilogue, je reprends et écoute pour coucher sur le papier quelques réflexions.

À une époque agitée comme la nôtre, où les espaces pour la pensée se sont réduits de manière préoccupante, un texte de non-fiction qui se penche sur un sujet peu exploré et même tabou court le risque d'être l'objet d'étranges lectures. Nous nous sommes habitués au confort des dichotomies et la réflexion s'est éloignée des zones difficiles où gisent, je crois, certains thèmes fondamentaux pour comprendre le présent. Dans *Assassines*, j'ai préféré inverser ce genre de réflexion et transiter par un chemin sinueux, truffé d'obstacles et où, plus d'une fois, je me suis trouvée sans réponses. J'ai voulu le suivre, mue par la conviction qu'aborder le sujet de la femme homicide peut contribuer à un débat nécessaire sur les fonctions féminines, au-delà du domaine strictement criminel. Un *féminin* qui, aujourd'hui, est en pleine transformation, et qu'il est indispensable de continuer de remettre en question depuis différents registres et perspectives.

J'ai mis plusieurs années à écrire ce livre. Des années pendant lesquelles j'ai lu une vaste bibliographie théorique et me suis plongée dans les archives pour chercher de la matière jusque-là inédite. Au moment d'écrire, j'avais à ma disposition un éventail d'antécédents textuels et de représentations culturelles que j'ai découverts dans la sphère publique sur ces femmes coupables. Dans les cas de Corina Rojas et de Carolina Geel, j'ai dû enquêter pendant des mois pour trouver les décisions de justice perdues depuis des décennies. Pour Rosa Faúndez, une bonne partie de son dossier avait disparu avec le temps et c'est la première fois, dans ce livre, qu'on peut lire ensemble ses multiples productions culturelles. Quant à María Teresa Alfaro, j'ai puisé dans plusieurs sources : articles de journaux de différentes obédiences, documents de justice archivés dans l'Annuaire de jurisprudence de 1966 et l'unique interview publiée à propos de cette affaire après quarante-cinq ans de silence.

Je précise le type de recherche qui a précédé l'écriture de ce livre et les sources dans lesquelles il puise pour rappeler un point qu'il me paraît nécessaire de souligner, même s'il est évident, en ces temps si enclins aux littéralités : ce texte s'appuie sur les *représentations discursives* de la femme criminelle. Autrement dit, mes récits, réflexions, questions et hypothèses se nourrissent en permanence de ce qu'a dit la presse, de ce qu'ont dit les juges et les médecins, de ce qu'ont dit ou interprété différents artistes. Les paroles des magistrats, des écrivains, des victimes et des coupables n'ont été prises en compte et examinées que dans la mesure où elles intégraient ces discours *publics*. Ce qui n'a pas fait partie du terrain de la représentation, ce qui est resté dans le secret ou la sphère privée ne figure pas dans ce livre. Ma matière, ce sont les textes, les signes, les discours. Et mes outils, la lecture, la pensée et l'écriture.

En me fondant sur cette recherche, sur mon propre regard et sur une vaste bibliographie, j'ai écrit chaque chapitre de ce livre, y compris celui intitulé « Un membre de la famille ». Il s'agit, inutile de le dire, d'un chapitre dans lequel je m'efforce d'analyser la réponse judiciaire et médiatique aux assassinats commis par María Teresa Alfaro, qui stupéfièrent la société chilienne des années 1960. La réponse discursive à cette affaire reposa, comme tant de fois, sur la jalousie, la méchanceté et la folie supposée de l'accusée, mais j'ai trouvé par ailleurs une série d'éléments qui m'ont permis de tisser une autre interprétation. C'est-à-dire une autre lecture. Et je parle d'une *relecture* car c'est le mot qui décrit le plus précisément mon travail dans ce livre. *Relire* : la tâche féminine par excellence, selon les mots de la poétesse et essayiste Adrienne Rich. C'est ce que j'ai fait avec María Carolina Geel, une affaire décrite jusqu'à l'épuisement comme un crime passionnel ; avec Rosa Faúndez, présentée comme masculine pour rassurer la société chilienne ; et avec Corina Rojas et sa relation ambiguë à l'amour. Pour tous ces délits marquants, je relis des textes, des vidéos, des photos, des chansons, ressors certaines opérations normatives et les questionne depuis le présent. Ma lecture est-elle la vérité judiciaire ? Non. La vérité judiciaire sur chacune de ces affaires, y compris celle des « biberons empoisonnés », a été établie par les tribunaux. Mon étude, comme toute étude, interroge, suppose, réfléchit, associe et remet en question depuis un point de vue particulier, le mien. Et même si mon regard peut être embarrassé, voire douloureux, cette douleur et cet embarras n'empêchent pas la réflexion, la circulation des idées, ne discréditent pas un travail que j'ai choisi de ne pas publier à la légère. Ce livre ne parle pas de la souffrance des victimes, une souffrance qu'à aucun moment je ne pourrais contester ou minimiser. En revanche, je m'interroge encore et encore sur la *représentation des coupables*.

Dans ce texte, je relis les crimes commis par María Teresa Alfaro comme un attentat contre l'institution familiale et comme une dispute autour des fonctions de mère, d'épouse et de femme active. La classe et le genre sont, selon moi, cruciaux pour comprendre cette série de meurtres et, dans cet esprit, je réitère ma position sur le rôle qu'a dû jouer l'avortement comme mobile, approche qui se base sur les faits figurant dans les articles de presse, les déclarations de l'accusée elle-même et les conclusions des experts de l'institut médico-légal reproduites dans le jugement. C'est un point qui a été passé sous silence à l'époque et qui l'est toujours dans le Chili d'aujourd'hui. D'un autre côté, je voudrais préciser qu'au moment où j'effectuais cette recherche, Magaly Ramírez était vivante, mais elle est morte avant que ce livre soit achevé et imprimé. J'ajoute cette information à cette deuxième édition.

Au cours de ces semaines, je me suis posé d'autres questions, comme la pertinence d'écrire ce livre. C'est-à-dire que je me suis demandé s'il était approprié d'interpréter, de relire, de réfléchir et de publier sur des affaires aussi douloureuses. *Assassines* est un texte explicite dans ses affirmations, ses hypothèses et ses silences, et qui doit accomplir son propre chemin. Je ne peux pas répondre à ceux qui soutiennent qu'il n'est pas légitime d'entreprendre une relecture de ces affaires car sur ce point notre désaccord est immense. Je crois en la liberté intellectuelle et en la possibilité, et même la nécessité, de relire chaque incident de l'histoire publique d'un pays, surtout quand cela permet de se pencher sur des aspects significatifs pour le présent. Et je crois que la série d'assassinats perpétrés par María Teresa Alfaro dans les années 1960 parle directement au Chili du XXIe siècle : un pays avec deux poids, deux mesures sur l'avortement, accessible et sécurisé pour les unes et dangereux pour les autres, où l'inégalité et la lutte des classes demeurent fondamentales et où la question que formule mon livre continue d'être extrêmement d'actualité : ceux qui ont le droit, selon les mots de Judith Butler, à une vie acceptable et les autres.

Je reviens au mythe d'Écho pour une dernière réflexion. Devais-je répéter dans mon livre le récit profondément normatif tissé depuis les tribunaux ? Devais-je reproduire les mots de la presse sensationnaliste et participer à mon tour de cet écho insistant qui ramène les criminelles et, en général, toutes les femmes transgressives, à des modèles qui les dépouillent de jugement, de volonté, de pouvoir ? Devais-je redire qu'il s'agissait de femmes hystériques, folles, jalouses ou méchantes ? Est-ce la fonction d'un essai littéraire ? Répéter, se faire l'écho ? Ce livre s'efforce précisément de remettre en question les représentations des femmes violentes. Pourquoi ? À quoi bon démêler ces résonances ? Les réponses sont nombreuses, mais je reviendrai au mythe pour illustrer mon point de vue. *Assassines* est une étude qui cherche une issue à la condamnation d'Écho. Une échappatoire au pouvoir normatif de la représentation de la femme criminelle comme une stratégie pour démonter d'autres discours extrêmement directifs autour du « féminin » en général. Jacques Derrida, dans sa relecture de ce mythe, ouvre une voie que j'ai décidé de suivre avec attention. D'après lui, la condamnation d'Écho est trompeuse et loin d'être singulière. Nous répétons tous, toujours, un langage qui nous précède. Par conséquent, Écho ne participe pas à proprement parler d'une simple répétition involontaire. Selon cette brillante réinterprétation, la nymphe attend patiemment jusqu'au moment où elle entend des sons qui lui permettent de dire ce qu'*elle* veut dire. Alors elle se les approprie et parle. Narcisse, son amant, dit : « Retrouvons-nous », Écho dit : « Unissons-nous. » La réponse d'Écho est un fragment qui se transforme en une parole nouvelle, particulière et originale. Ainsi, Écho retrouve une voix. Sa voix. Et moi, dans ce livre, je tente d'entendre ces autres voix et de découvrir les paroles cachées sous le bruit qui a toujours entouré et entoure encore les femmes criminelles, empêchant de percevoir ce qu'il y a derrière le fracas de leurs armes.

Santiago du Chili,
avril 2019

REMERCIEMENTS

Ce livre, compte tenu de sa nature, a nécessité le soutien de nombreuses institutions. Je voudrais souligner l'efficacité des employés des Archives nationales du Chili, des Archives nationales de l'Administration de l'État, des Archives judiciaires et de la cour d'appel de Santiago. Mention particulière à Paulina Olivos, responsable des journaux de la Bibliothèque nationale, dont l'aide fut précieuse pour retrouver le jugement à l'encontre de María Carolina Geel.

Beaucoup de gens ont contribué, à différentes étapes, à ce projet. Claire Lindsay, qui a supervisé cette recherche quand c'était encore une partie de mon doctorat, a été fondamentale. Je remercie particulièrement María Delgado et Catherine Boyle, pour leurs critiques et commentaires. Également Marianne González Le Saux, qui a partagé avec moi ses connaissances sur l'histoire des femmes et m'a transmis ses archives sur le délit. Une bonne partie des documents relatifs à la pièce de théâtre *Historia de la sangre* m'a été aimablement fournie par son metteur en scène,

Alfredo Castro. La reproduction des photographies de l'exposition *El Caso de las cajitas de agua* a été autorisée par son autrice, Josefina Guilisasti. Andrea Torres Viedma a eu la gentillesse de m'envoyer les vidéos de son spectacle *Lecturas de un crimen en tercera persona*, et Jorge Iturriaga m'a éclairée en matière de cinéma chilien. Je remercie Diamela Eltit de m'avoir guidée vers l'affaire María Teresa Alfaro et Lina Meruane, pour sa lecture minutieuse du manuscrit de ce livre. Merci aussi à Luisa Urreloja, Giuseppe Caputo, Rocío Lorca, Deborah Martin, Jorge Boldt, Marcelo Morales, Alika Sukni, Carla Rivera, Camilla Sutherland, Alejandra Costamagna, Paz Irarrázabal, David Ponce, Hugo Neira, Melanie Jösch, Vicente Undurraga, Juan Eduardo García-Huidobro, Felipe Armstrong et Leticia Blanco, de m'avoir aidée à orienter ce travail dans la meilleure direction. Enfin, je voudrais remercier mon frère, Sergio, et mes parents, Faride Zerán et Sergio Trabucco, pour leur indispensable soutien. Et Paula Porroni, à qui je dois beaucoup plus que le titre de ce livre.

NOTES

Ce livre n'aurait pas existé sans les travaux remarquables de Judith Butler, Josefina Ludmer, Michel Foucault, Sylvia Federici, Sara Ahmed, Doris Sommer, Olga Grau, Susanne Kord, Raquel Olea, Nelly Richard, Belinda Morrissey et Sonia Montecino, entre autres auteurs, que j'ai lus avec l'avidité et la joie de quelqu'un qui apprend une nouvelle langue. Ci-dessous, les œuvres citées dans chaque chapitre et les sources de diverses idées et réflexions.

Préface. Hors la loi

Pour cette préface, la lecture de *Trouble dans le genre*, de Judith Butler, *El Cuerpo del delito*, de Josefina Ludmer, *Les Femmes et le Pouvoir*, de Mary Beard, *The Promise of Happiness*, de Sara Ahmed, et *When Women Kill*, de Belinda Morrissey, fut particulièrement essentielle. Par ailleurs, une grande partie de ce qui a été écrit sur La Quintrala, notamment les travaux d'Olga Grau, Rosa Sarabia, Bernardita Llanos, Alicia Muñoz et Ivonne Cuadra, m'a permis d'élaborer les hypothèses que je formule dans ces pages.

Comme le montre Luce Irigaray, la mythologie qui sous-tend le patriarcat demeure inchangée. C'est pourquoi il était impératif de lire les œuvres littéraires magnifiques inspirées par le féminisme sur Médée et Lady Macbeth, sur la sorcellerie et les *femmes fatales*[1]. Je citerai ces œuvres dans les chapitres suivants.

Enfin, et même si dans ce livre je me concentre sur les homicides civils, je recommande la lecture de *Mujeres guerrilleras* de Marta Diana, et *Chilenas en armas*, de Cherie Zalaquett, pour approfondir les thèmes de genre et de violence politique.

« Un mort pour le cœur » : Corina Rojas

Les faits rapportés, ainsi que les déclarations des protagonistes, proviennent de la décision de justice de première instance rendue à l'encontre de Corina Rojas González et de l'arrêt de la cour d'appel de Santiago contre Jorge Sangts Frick, tous deux inédits jusqu'à présent. Les documents sont actuellement aux Archives de l'Administration de l'État, section Décrets, ministère de la Justice, cahier 2902, 1918, n° 1702-1732. Ils correspondent à la demande de grâce 1990 et au décret 1702.

1. En français dans le texte.

Le rapport médico-légal des docteurs Orrego Luco, Lea-Plaza, J. Letelier et Muñoz Labbé, du 29 février 1916, se trouve aux Archives nationales du Chili, comme document annexe dans un procès qu'intentèrent les médecins de Corina Rojas contre la municipalité de Santiago pour le règlement de leurs honoraires. Il se trouve dans le casier 1832, dossier 29.

Les citations des articles correspondent aux journaux et revues suivants.

- « Meurtre effroyable à Santiago », *El Mercurio*, 23 janvier 1916, une.
- « Le crime sensationnel de la rue Lord Cochrane », *Las Últimas Noticias*, 24 janvier 1916, une.
- « Le crime du samedi soir », *El Mercurio*, 26 janvier 1916, rubrique faits divers.
- « Rebondissement mystérieux dans l'enquête », *Las Últimas Noticias*, 25 janvier 1916, rubrique faits divers.
- « La double personnalité », *Corre-Vuela*, 9 février 1916, rubrique faits divers.
- « Le crime de la rue Lord Cochrane : entretien avec Corina Rojas », *El Mercurio*, 29 janvier 1916, une.
- « La mission de la presse n'est pas de mentir », *Zig-Zag*, 5 février 1916, rubrique faits divers.
- « Le procès du crime de la rue Lord Cochrane touche à sa fin », *Corre-Vuela*, 12 décembre 1917, rubrique faits divers.
- « Corina Rojas graciée », *El Mercurio*, 23 décembre 1922, rubrique faits divers.

- « Graciée », *El Diario ilustrado*, 23 décembre 1922, rubrique faits divers.

Pour l'écriture de ce chapitre, les livres suivants ont été essentiels : *Murderesses in German Writing (1720-1860)*, de Susanne Kord, en particulier ses réflexions sur l'adultère comme précédent au comportement criminel ; *Women, Murder and Feminity*, de Lizzie Seal ; *El Cuerpo del delito*, de Josefina Ludmer et « Les astuces des faibles » ; et *Media and Crime*, d'Ivonne Jewkes. Sur le racisme au Chili, j'ai consulté les textes de Sonia Montecino et Enricka Beckman, cités dans la bibliographie, ainsi que ceux de Josefina Correa Téllez, « La inmigración como "problema" o el resurgir de la raza ». Sur l'adultère et la fidélité : Doris Sommer, Riet Delsing et Myriam Jimeno. Sur la sorcellerie : Sonia Montecino, *Brujas y hechiceras*, et Silvia Federici, une fois de plus. Sur l'affaire Corina Rojas en particulier et autres femmes meurtrières, je recommande le travail de Carla Rivera qui porte sur la presse du début du XXe siècle. Sur le cinéma chilien, et précisément *La Baraja de la muerte*, Jorge Iturriaga, *La Masificación del cine en Chile (1907-1932)* et « Rentabilidad y aceptación : La imagen de Chile en el cine argumental (1910-1920) » est exhaustif. Je me suis appuyée, par ailleurs, sur les recherches de Wolfgang Bongers, Alberto Santana, Marcelo Morales, Eduardo Santa Cruz, María José Torrealba, Ana María Ledezma et Fernando Purcell. Sur les croisements entre cinéma et féminisme : Annette Kuhn et Laura Mulvey. Sur l'amour et, principalement, le lien entre l'amour et le regard : Beatriz Sarlo, *El Imperio de los sentimientos*, et le chapitre sur l'amour dans *Le Deuxième Sexe*, de Simone de Beauvoir. Également sur l'amour et le féminisme : Lynne Pearce et Jackie Stacey, Linda Williams, Janice Radway, Rosalind Blunt et Sara Ahmed, toujours lucide. Enfin, sur l'histoire des femmes au Chili : Julieta Kirkwood, *Feminismo y parcipación política en Chile* ; Diamela Eltit, *Crónica del sufragio femenino en Chile* ; en plus des livres cités ci-dessous d'Asunción Lavrin, Pieper Mooney et Elizabeth Hutchison.

« Sous l'empire de la colère » : Rosa Faúndez

Le récit de cette affaire est basé sur la décision de justice de première instance rendue le 13 mars 1925. Ce jugement se trouve dans le *Journal officiel des tribunaux*, premier semestre de l'année 1925, p. 524-533. Il est disponible à la Bibliothèque nationale du Chili. Au même endroit figure l'arrêt de la cour d'appel, rendu le 14 juillet 1925.

Les extraits d'articles sur cet homicide sont tirés des journaux et revues suivants.

- « Nouvelles informations sur le crime sensationnel d'hier », *Las Últimas Noticias*, 8 juin 1923, rubrique faits divers.
- « Le crime sensationnel découvert hier », *El Diario ilustrado*, 8 juin 1923, une.

- « Des pistes intéressantes à propos du crime sensationnel », *Las Últimas Noticias*, 9 juin 1923, rubrique faits divers.
- « María Vargas révèle ses liens avec les protagonistes de la tragédie », *El Mercurio*, 15 juin 1923, rubrique faits divers.
- « Le mystère du mutilé de la rue Germán Riesco », *El Diario ilustrado*, 12 juin 1923, une.
- « On a retrouvé la tête et l'autre jambe de l'homme démembré », *Las Últimas Noticias*, 11 juin 1923, rubrique faits divers.
- « Une femme rendue furieuse par la jalousie est la protagoniste de l'épouvantable tragédie », *El Mercurio*, 10 juin 1923, une.
- « Rosa Cavieres face au cadavre de sa victime », *El Mercurio*, 26 juin 1923, rubrique faits divers.
- « La procédure judiciaire dans l'affaire du crime de la rue Santa Rosa », *El Mercurio*, 17 juillet 1923, rubrique faits divers.
- « Le crime de la maisonnette n° 12 », *El Mercurio*, 15 août 1923, rubrique faits divers.
- « María Rosa Faune instaure la dictature dans la maison de correction », *El Diario ilustrado*, 27 mai 1924, rubrique faits divers.
- « La reconstitution du crime de l'homme démembré », *El Mercurio*, 11 juin 1923, rubrique faits divers.
- « À une heure du matin aujourd'hui on a percé le mystère du mutilé de la rue Germán Riesco », *El Diario ilustrado*, 10 juin 1923, rubrique faits divers.

- « Des pistes intéressantes à propos du crime sensationnel », *Las Últimas Noticias*, 9 juin 1923, rubrique faits divers.

Sur le mythe de la passivité féminine, toujours d'actualité : Hélène Cixous et Luce Irigaray, ainsi que les texte d'Olga Grau et de Nelly Richard, mentionnés dans la bibliographie. L'idée de femme masculine comme femme défaillante incombe à Lizzie Seal. Le thème du corps fragmenté dans l'histoire de l'art comprend une vaste bibliographie. Pour écrire ce texte, les livres de Linda Nochlin, Rina Arya et Pamela June notamment ont été essentiels. Sur la conduite immorale : Georges Bataille, Rina Arya, Julia Kristeva et Hal Foster. Sur le lien entre conduite immorale et sujets populaires : Imogen Tyler, Sara Ahmed et Martha Nussbaum. La citation de la lettre des vendeurs de journaux à la criée provient du livre de Jorge Rojas, *Los suplementeros: Los niños y la venta de diarios*. Sur l'assassinat comme œuvre d'art, la lecture de Thomas de Quincey et de Joël Black a été clé. Et sur la capacité de l'homicide à créer son propre public, les recherches de l'historien mexicain Pablo Piccato. Sur la question de la mémoire et de la post-dictature, les travaux de Nelly Richard, Idelber Avelar, Willy Thayer et Tomás Moulian ont été indispensables. Et sur la pièce de théâtre *Historia de la sangre*, les textes de Jorge Dubatti, Soledad Lagos et Damián Noguera. L'interview de Francisca Lombardo intutilée « Le crime : plus qu'une histoire de sang » a été publié dans la revue *Ya* le 21 juillet 1992. Enfin, pour l'analyse de l'œuvre de Josefina Guilisasti, les réflexions de Norman Bryson et de Rosalind Krauss ont été éclairantes.

« S'approcher du silence » :
María Carolina Geel

La décision de justice à l'encontre de Geel, rendue par la première juridiction criminelle de Santiago le 30 novembre 1955, rôle 61200, se trouve actuellement aux Archives nationales de l'Administration, ministère de la Justice, cahier de décrets n° 9239. L'arrêt de la cour d'appel de Santiago du 4 mai 1956 est dans le même cahier.

Le journal intime de María Caroline Geel, par ailleurs, est disponible aux Archives littéraires de la Bibliothèque nationale du Chili.

La presse citée provient des sources suivantes.

- « Dramatique épilogue d'une liaison », *Vea*, 19 avril 1955, reportage central.
- « Meurtre dans un hôtel du centre », *El Mercurio*, 15 avril 1955, rubrique faits divers.
- « Thé sanglant à l'hôtel Crillon », *Clarín*, 16 avril 1955, dernière page.
- « La tragédie de l'écrivaine Maria Carolina Geel », *El Expreso*, 26 mai 1999, pages intérieures.
- « La tragédie de l'hôtel Crillon », *Vea*, 20 avril 1955, reportage central.
- « Elle sera graciée ! », *Clarín*, 29 mars 1956, une.

- « Elle a tué Pumarino pour vendre son livre », *Clarín*, 5 avril 1956, reportage central.
- « Ce que dit María Carolina dans le livre est vrai : J'ai autorisé la publication », *Clarín*, 29 mars 1956, reportage central.
- « Vie et portrait de María Geel : l'écrivaine qui a tué », *Clarín*, 15 avril 1955, rubrique faits divers.
- « María Carolina Geel a déclenché la guerre sainte dans la maison de correction », *Clarín*, 24 mars 1956, rubrique faits divers.
- « Trois ans et un jour », *Clarín*, 5 mai 1956, pages intérieures.
- « Assassinat et folie à l'hôtel Crillon : elle a tué son amant, puis a bu son sang », *Clarín*, 15 avril 1955, pages intérieures.
- « Le chef d'État a accepté la demande de Gabriela Mistral », *El Mercurio*, 14 septembre 1956, pages intérieures.

Pour une interprétation de la *femme fatale*[1] à partir du féminisme, j'ai eu recours aux textes de Rebecca Stott, Mary Ann Doane et Erika Bornay. De nombreuses études ont été publiées, par ailleurs, sur *Cárcel de mujeres*. La lecture des essais de Raquel Olea, Diamela Eltit, María Helena Rueda, Pamela Baeza, Bernardita Llanos, Marina Alvarado et Caridad Tamayo a été particulièrement intéressante. Celui qui a le plus développé le sujet de l'aveu dans le droit pénal est Michel Foucault dans ses livres : *Abnormal:*

1. En français dans le texte.

Lectures at the Collège de France (1974-1975) et *Wrong-Doing, Truth-Telling: The Function of Avowal in Justice*. La lettre de Mistral à Geel se trouve dans le livre *Epistolario americano: Gabriela Mistral y su continente*. Et le texte d'Alejandra Costamagna « Cinq balles et un jour » a été publié dans *Cruces de peatones*.

« Un membre de la famille » :
María Teresa Alfaro

La décision de justice à l'encontre de María Teresa Alfaro, rendue par le magistrat en exercice Julio Aparicio le 5 avril 1965, se trouve dans l'Annuaire de jurisprudence de 1966, p. 376-442.

La presse citée dans ce chapitre provient des journaux suivants.

- « La prévenue inculpée pour quatre homicides avérés et une tentative de meurtre, *El Diario ilustrado*, 16 novembre 1963, une.
- « La domestique a reconnu devant le magistrat en exercice être l'autrice des homicides », *El Mercurio*, 14 novembre 1963, rubrique nationale.
- « La tueuse des biberons empoisonnés », *Vea*, n° 1281, 14 novembre 1963, une.
- « L'employée de maison arrêtée soupçonnée d'avoir empoisonné trois mineurs et un adulte », *El Mercurio*, 11 novembre 1963, une.

- « Les preuves s'accumulent pour condamner à mort Alfaro », *El Diario ilustrado*, 18 novembre 1963, une.
- « Les quatre crimes effroyables de la bonne », *Vea*, n° 1281, 14 novembre 1963, rubrique faits divers.
- « L'empoisonneuse a avoué ses crimes », *Las Últimas Noticias*, 11 novembre 1963, une.
- « L'affaire Buin : autopsie-clé », *Las Últimas Noticias*, 13 novembre 1963, une.
- « L'étrange meurtrière de Buin soumise à un examen médical », *El Diario ilustrado*, 17 novembre 1963, rubrique faits divers.
- « "L'empoisonneuse" a avoué ses crimes », *Las Últimas Noticias*, 14 novembre 1963, rubrique faits divers.
- « Des énigmes dramatiques entourent le quadruple empoisonnement », *Vea*, 21 novembre 1963, rubrique faits divers.
- « La Teté condamnée à mort », *El Diario ilustrado*, 6 avril 1965, une.
- « L'affaire de l'empoisonneuse résolue », *El Diario ilustrado*, 14 novembre 1963, rubrique faits divers.

À l'époque où j'ai effectué cette recherche, Magaly Ramírez était encore en vie, mais elle est morte avant que ce livre soit achevé et imprimé. J'intègre cette information à cette deuxième édition. Au sujet des domestiques qu'elle a engagées par la suite, la journaliste Margarita Serrano, dans l'unique interview que Magaly Ramírez lui a accordée après quatre décennies de silence, précise : « Elles mangeaient seulement ce qu'elle cuisinait, elle n'a plus jamais eu d'employée dans la cuisine » (revue *Sábado*, *El Mercurio*, 1er avril 2006).

Sur le plan théorique, pour les personnes intéressées par une perspective critique de la famille comme noyau central de la société, voir le livre déjà cité de Karin Rosemblatt. Sur le féminisme dans les années 1950 et 1960, il a été crucial de plonger dans les travaux de María Angélica Illanes, Julieta Kirkwood et Gwynn Thomas. Sur les femmes en tant que mères, épouses et filles : *Stabat Mater*, de Julia Kristeva et *The Reproduction of Mothering*, de Nancy Chodorow, sans oublier l'incroyable diatribe *Contra los hijos*, de Lina Meruane. Quant aux problèmes au sein du féminisme pour accepter les domestiques comme femmes actives, je me suis appuyée sur les excellents travaux d'Elizabeth Hutchison et d'Asunción Lavrin. Et sur la façon dont la fonction d'employée de maison réédite la logique conquérants/conquis, Ana Millaleo et Adrienne Rich, toutes deux citées dans la bibliographie. Enfin, sur la colère et la féminité, je recommande les livres d'Elizabeth V. Spelman, Marilyn Frye et Sianne Ngai.

Épilogue. Le théâtre du châtiment

Sur les différences entre le pardon et la clémence, Jeffrie Murphy et Jean Hampton sont particulièrement éclairants. Et sur le genre et la grâce, Carol Jacobsen,

Lora Bex Lempert et Vivien Miller. Enfin, sur le féminisme et la transgression, la lecture et la relecture des philosophes Judith Butler et Sara Ahmed, ainsi que la critique argentine Josefina Ludmer, se sont révélées fondamentales.

SOURCES DES IMAGES

« Un mort pour le cœur » : Corina Rojas

p. 25 « La double personnalité », *Corre-Vuela*, Annales IX, n° 424, 9 février 1916. Archives : Bibliothèque nationale du Chili.

p. 31 « Le crime de la rue Lord Cochrane », *Corre-Vuela*, Annales IX, n° 423, 2 février 1916. Archives : Bibliothèque nationale du Chili.

p. 39 Feuilleton *Le Crime de la rue Lord Cochrane*, J. Aníbal Pinto, 1916. Bibliothèque nationale du Chili. Section chilienne. Collection générale.

p. 43 Illustration de Jorge Sangts : « La double personnalité », *Corre-Vuela*, Annales IX, n° 224, 9 février 1916. Archives : Bibliothèque nationale du Chili.

Portrait de Jorge Sangts : « Le crime de la rue Lord Cochrane », *Corre-Vuela*, Annales IX, n° 423, 2 février 1916. Archives : Bibliothèque nationale du Chili.

p. 45 Archives personnelles de l'autrice.

p. 48 « Le procès du crime de la rue Lord Cochrane touche à sa fin », *Corre-Vuela*, Annales X, 12 décembre 1917. Archives : Bibliothèque nationale du Chili.

p. 51 Archives personnelles de l'autrice.

p. 53, 55 Feuilleton *Le Crime sensationnel de la rue Lord Cochrane*, V.D.R., 1916. Bibliothèque nationale du Chili. Section chilienne. Collection générale.

p. 56 Feuilleton *Le Crime de la rue Lord Cochrane*, de J. Aníbal Pinto, 1916. Bibliothèque nationale du Chili. Section chilienne. Collection générale.

p. 59 Publicité parue dans *El Mercurio*, 16 août 1916. Archives : Bibliothèque nationale du Chili.

« Sous l'empire de la colère » : Rosa Faúndez

p. 75, 85, 86, 90, 103 « Le vendeur de journaux à la criée étranglé et mutilé », *Zig-Zag*, n° 956, 16 juin 1923. Archives : Bibliothèque nationale du Chili.

p. 93 « La tête du mutilé a été retrouvée hier », *El Diario ilustrado*, 11 juin 1923, p. 7. Archives : Bibliothèque nationale du Chili.

p. 105 « Le crime des canaux d'irrigation », *Vea*, n° 1757, 1er mars 1973, p. 12. Archives : Bibliothèque nationale du Chili.

p. 116 Exposition de l'artiste Josefina Guilisasti. Reproduction autorisée par l'artiste.

« S'approcher du silence » :
María Carolina Geel

p. 123 « Conversation à voix basse avec María Carolina Geel », *Eva*, Annales XV, n° 605, 19 octobre 1956. Archives : Bibliothèque nationale du Chili.

p. 127, 129, 175 « Assassinat à l'hôtel Crillon », *Clarín*, Annales I, n° 205, 15 avril 1955. Archives : Bibliothèque nationale du Chili.

p. 134 « Coups de feu au Crillon », par Rodrigo Miranda. *Qué pasa*, n° 1533, 26 août 2000, p. 80. Archives : Bibliothèque nationale du Chili.

p. 150 Carolina Geel vers 1956 : « Conversation à voix basse avec María Carolina Geel », *Eva*, Annales XV, n° 605, 19 octobre 1956. Archives : Bibliothèque nationale du Chili.

María Luisa Bombal vers 1935 : Photographie de Baltazar Robles, Mémoire chilienne, Bibliothèque nationale du Chili, Archives littéraires. www.memoriachilena.cl/602/w3-article-99226.html.

p. 151 Journal de María Carolina Geel. Archives littéraires, Bibliothèque nationale du Chili.

p. 166 Lettre de Gabriela Mistral à Carlos Ibáñez del Campo. Archives littéraires, Bibliothèque nationale en ligne du Chili. www.bibliotecanacionaldigital.cl/bnd/623/w3-article-137211.html.

p. 169 Lettre de Gabriela Mistral à María Carolina Geel. Archives littéraires, Bibliothèque nationale digitale du Chili. www.bibliotecanacionaldigital.cl/bnd/623/w3-article-138484.html.

p. 171 *Cárcel de mujeres*, de María Carolina Geel. Santiago : *Zig-Zag*, 1956.

Cárcel de mujeres, de María Carolina Geel. Santiago : *Cuarto Propio*, 2000.

« Un membre de la famille » :
María Teresa Alfaro

p. 179 « Les quatre crimes effroyables de la bonne », *Vea*, n° 1281, 14 novembre 1963. Archives : Bibliothèque nationale du Chili.

p. 200 « La tueuse des biberons empoisonnés », *Vea*, n° 1281, 14 novembre 1963. Archives : Bibliothèque nationale du Chili.

p. 212 Portrait de Teresa Alfaro : « L'empoisonneuse de Buin accusée de huit crimes », *Las Últimas Noticias*, 30 novembre 1963. Archives : Bibliothèque nationale du Chili.

Portrait de Magaly Ramírez et Sergio España : « Les quatre crimes effroyables de la bonne », *Vea*, n° 1281, 14 novembre 1963. Archives : Bibliothèque nationale du Chili.

p. 227 Photographie Teresa Alfaro : « Les quatre crimes effroyables de la bonne », *Vea*, n° 1281, 14 novembre 1963. Archives : Bibliothèque nationale du Chili.

Illustration Teresa Alfaro : « L'affaire des biberons empoisonnés », par Manuel San Martín, *En viaje*, n° 394, août 1966, p. 20. Archives : Bibliothèque nationale du Chili.

Épilogue. Le théâtre du châtiment

p. 234, 235 Corina Rojas : « Le crime de la rue Lord Cochrane », *Corre-Vuela*, Annales IX, n° 423, 2 février 1916. Archives : Bibliothèque nationale du Chili.

Rosa Faúndez : « À 1 heure du matin, le crime est découvert », *El Diario ilustrado*, 16 juin 1923, p. 18. Archives : Bibliothèque nationale du Chili.

Caroline Geel : « Assassinat à l'hôtel Crillon », *Clarín*, Annales I, n° 205, 15 avril 1955. Archives : Bibliothèque nationale du Chili.

Teresa Alfaro : « Les quatre crimes effroyables de la bonne », *Vea*, n° 1281, 14 novembre 1963. Archives : Bibliothèque nationale du Chili.

BIBLIOGRAPHIE

AGOSÍN Marjorie, « Una bruja novelada: “La Quintrala” de Magdalena Petit », 12, 1982, p. 3-13.

—, *Silencio e imaginación: Metáforas de la escritura femenina*, Mexico, Editorial Katún, 1986.

AHMED Sara, *The Promise of Happiness*, Durham, Duke University Press, 2010.

—, *The Cultural Politics of Emotion*, Édimbourg, Edinburgh University Press, 2015.

ARYA Rina, *Abjection and Representation: An Exploration of Abjection in the Visual Arts, Film and Literature*, Londres, Palgrave Macmillan, 2014.

—, « Taking Apart the Body », *Performance Research*, 19/1, 2014, p. 5-14.

AVELAR Idelber, *Alegorías de la derrota: La ficción postdictatorial y el trabajo del duelo*, Santiago, Cuarto Propio, 2000.

BAEZA Pamela, « Desde la sumisión a la rebeldía: El deseo de sujeto femenino y su negación como estrategia de subversión en la obra de María Carolina Geel », In *Sociedad, cultura y literatura,* anthologie de *Santiago Arcos*, Quito, Flacso, 2009, p. 193-211.

BATAILLE Georges, « L'abjection et les formes misérables », In *Œuvres complètes*, t. 2, Paris, Gallimard, 1970.

BEARD Mary, *Mujeres y poder*, Madrid, Planeta, 2018.

BEAUVOIR (DE) Simone, *The Second Sex*, Londres, Vintage, 1997.

BECKMAN Enricka, « Imperial Impersonations: Chilean Racism and the War of the Pacific », Emisférica, 5/2, 2009, https://hemisphericinstitute.org/en/emisferica-5-2-race-and-its-others/5-2-dossier/imperial-impersonations.html.

BENADAVA Santiago, *Crímenes y casos célebres*, Santiago, Lexis Nexis, 2002.

BIRCH Helen (dir.), *Moving Targets: Women, Murder and Representation*, Londres, Virago, 1993.

BLACK Joel, *The Aesthetics of Murder: A Study in Romantic Literature and Contemporary Culture*, Baltimore, Johns Hopkins University Press, 1991.

BONGERS Wolfgang, « El cine y su llegada a Chile: Conceptos y discursos », *Taller de letras*, 46, 2010, p. 151-174.

BORNAY Erika, *Las Hijas de Lilith*, Madrid, Cátedra, 1995.

BÓRQUEZ Rita, « Identidad de género y control social: Una aproximación desde los significados construidos por las mujeres criminalizadas como homicidas », Thèse de sociologie, Université du Chili, 2008.

BRONFEN Elisabeth, *Over Her Dead Body: Death, Femininity and the Aesthetic*, Manchester, Manchester University Press, 1992.

BRUNT Rosalind, « Love Is in the Air », *Marxism Today*, février 1988, p. 18-21.

BRYSON Norman, Look*ing at the Overlooked: Four Essays on Still Life Painting*, Cambridge, Harvard University Press, 1990.

BUTLER Judith, *Bodies That Matter: On the Discursive Limits of Sex*, New York, Routledge, 1993.

—, *Giving an Account of Oneself*, New York, Fordham University Press, 2005.
—, *Precarious Life: The Power of Mourning and Violence*, New York, Verso Books, 2006.
—, *El Género en disputa*, Madrid, Paidós, 2007.
CAFFARENA Elena (dir.), *La Mujer nueva*, Diario del movimiento de emancipación de la mujer chilena (MEMCH).
CASTILLO Alejandra, « Las aporías de un feminismo liberal: Martina Barros traductora de Stuart Mill », In Martina Barros, *Prólogo a la esclavitud de la mujer*, Santiago, Palinodia, 2009.
CASTRO Alfredo, LOMBARDO Francesca, PÉREZ Rodrigo, *Historia de la sangre:* Théâtre *La Memoria*, Santiago, Chili, s.n., 1991.
—, « La puesta en escena como lugar del crimen », *Apuntes*, 107, 1994, p. 91-93.
CHIUMINATTO Pablo, « Un paisaje referencial », In Catálogo Bodegones de la Galería Fundación Gasco, Santiago du Chili, 2006, p. 20-29.
CHODOROW Nancy, *The Reproduction of Mothering: Psychoanalysis and the Sociology of Gender*, Berkeley, University of California Press, 1978.
CIXOUS Hélène, « Castration or Decapitation? », In Mary Eagleton (dir.), *Feminist Literary Theory: A Reader*, Oxford, Wiley-Blackwell, 1995, p. 322-325.
—, « The Laugh of the Medusa », dans Mary Eagleton (dir.), *Feminist Literary Theory: A Reader*, Oxford, Wiley-Blackwell, 1995, p. 327-332.
CLARO Samuel, *Chilena o cueca tradicional*, Santiago, Ediciones Universidad Católica, 2011.
CORREA SUTIL Sofía, *Historia del siglo XX chileno: Balance paradojal*, Santiago, Sudamericana, 2001.
CORREA TÉLLEZ Josefina, « La inmigración como "problema" o el resurgir de la raza: Racismo general,

racisme cotidiano y su papel en la conformación de la nación », In María Emilia Tijoux (dir.), *Racismo en Chile: La piel como marca de la inmigración*, Santiago, Editorial Universitaria, 2016, p. 35-47.

COSTAMAGNA Alejandra, *Cruce de peatones*, Santiago, Ediciones UDP, 2012.

CREED Barbara, *The Monstrous-Feminine: Film, Feminism, Psychoanalysis*, Londres/New York, Routledge, 1993.

CRITES Laura L., *The Female Offender*, Lexington, Lexington Books, 1976.

CUADRA Ivonne, *La Quintrala en la literatura chilena*, Madrid, Editorial Pliegos, 1999.

DELSING Riet, « Adulterio ¿Asunto público o privado? », In Eugenia Brito, Alejandra Farías (dir.), *Discurso, género y poder*, Santiago, Lom Ediciones/La Morada, 1997, p. 193-203.

DIANA Marta, *Mujeres guerrilleras: Sus testimonios en la militancia de los setenta*, Santiago, Planeta, 2006.

DÍAZ ARRIETA Hernán, « Plumas nacionales: María Carolina Geel », *Zig-Zag*, 59, 1955.

—, « Prologue », dans María Carolina Geel, *Cárcel de mujeres*, Santiago, Cuarto propio, 2000.

DOANE Mary Ann, *Femmes Fatales: Feminism, Film, Theory, Psychoanalysis*, Londres/New York, Routledge, 1991.

DONOSO Catalina, « ¿Espectador en acción? Representación e identificación del pueblo/masa en El Chacal de Nahueltoro », *Aisthesis*, 47, 2010, p. 100-114.

DROGUETT Carlos, *60 muertos en la escalera*, Santiago, Nascimento, 1953.

DUBATTI Jorge, « Teatro La Memoria: Una estética de la patria », *Apuntes*, 112, 1997.

ELTIT Diamela, *Crónica del sufragio femenino en Chile*, Santiago, Servicio Nacional de la Mujer, 1994.

—, « Mujer, frontera y delito », In *Emergencias: Escritos sobre literatura, arte y política*, Santiago, Editorial Planeta/Ariel, 2000, p. 94-103.

—, « Mujeres que matan », In María Carolina Geel, *Cárcel de mujeres*, Santiago, Cuarto Propio, 2000.

—, « Cantante y sonante », dans *Mujeres chilenas: Fragmentos de una historia,* anthologie de *Sonia Montecino*, Santiago, Catalonia, 2008, p. 389-393.

FIOL-MATTA Licia, *A Queer Mother for the Nation: The State and Gabriela Mistral*, Minneapolis, Université du Minnesota, 2001.

FOSTER Hal, *The Return of the Real: Art and Theory at the End of the Century*, Cambridge, MIT Press, 1996.

FOUCAULT Michel, « The Dangerous Individual », In Lawrence D. Kristzman (dir.), *Politics, Philosophy, Culture: Interviews and Other Writings (1977-1984)*, New York, Routledge, 1990, p. 125-151.

—, *Discipline and Punish: The Birth of the Prison*, trad. Alan Sheridan, Londres, Penguin, 1991.

—, *Ethics: Subjectivity and Truth: Essential Works of Foucault, (1954-1984)*, New York, The New Press, 1998.

—, *Historia de la sexualidad*, t. 1, *La Voluntad de saber*, Mexico, Siglo XXI, 1999.

—, *Abnormal: Lectures at the Collège de France (1974-1975)*, New York, Picador, 2003.

—, *Wrong Doing, Truth-Telling: The Function of Avowal in Justice*, éd. Fabienne Brion, Bernard E. Harcourt, Chicago, University of Chicago Press, 2014.

FOUCAULT Michel, RIVIÈRE Pierre, *Having Slaughtered My Mother, My Sister, and My Brother: A Case of Parricide in the 19th Century*, Lincoln, Bison Books, 1992.

—, *Habiendo degollado a mi madre, a mi hermana y a mi hermano*, Madrid, Tusquets, 2002.

FREUD Sigmund, *Beyond the Pleasure Principle*, Londres, Dover, 2015.
FRYE Marilyn, *Politics of Reality*, Trumansburg, Crossing Press, 1983.
GAVIOLA Edda, *Queremos votar en las próximas elecciones: Historia del movimiento femenino chileno (1913-1952)*, Santiago, La Morada/Fempress, 1985.
GEEL María Carolina, *Cárcel de mujeres*, Santiago, Zig-Zag, 1956.
—, *Cárcel de mujeres*, Santiago, Cuarto Propio, 2000.
GENET Jean, *Les Bonnes/The Maids*, Paris, Gallimard (Folio), 1978.
GUERRA Lucía, « Subjetividades lesbianas en los espacios no inscritos de la identidad », *Aisthesis*, 50, 2011, p. 157-71.
GUERRERO Omar, *Mujeres fusiladas en Chile*, Santiago, Olimpo Editores, 2002.
HART Lynda, *Fatal Women: Lesbian Sexuality and the Mark of Aggression*, Londres, Routledge, 1994.
HENDIN Josephine, *Heartbreakers: Women and Violence in Contemporary Culture and Literature*, New York, Palgrave Macmillan, 2004.
HURTADO María de la Luz, « Construcción de identidades en la dramatización de la realidad chilena », *Latin American Theatre Review*, 34/1, 2000, p. 43-65.
—, « Teatro chileno: Historicidad y autorreflexión », *Nuestra América*, 7, 2009, p. 143-158.
HUTCHISON Elizabeth Q., *Labors Appropriate to Their Sex Gender, Labor, and Politics in Urban Chile (1900-1930)*, Durham, Duke University Press, 2001.
—, « Muchas Zitas: La juventud obrera católica y la empleada de casa particular », In Julio Pinto (dir.), *Mujeres: Historias chilenas del siglo XX*, Santiago, Lom Ediciones, 2010.

ILLANES María Angélica, *Nuestra historia violeta: Feminismo social y vidas de mujeres*, Santiago, Lom Ediciones, 2012.

IRIGARAY Luce, « When Our Lips Speak Together», *Signs*, 6/1, 1980, p. 69-89.

—, « The Bodily Encounter with the Mother », In Margaret Whitford (dir.), *The Irigaray Reader*, Cambridge, Blackwell, 1991, p. 34-46.

—, « The Powers of Discourse and the Subordination of the Feminine », In Mary Eagleton (dir.), *Feminist Literary Theory: A Reader*, Oxford, Wiley-Blackwell, 1995, p. 316-320.

ITURRIAGA Jorge, « Rentabilidad y aceptación: La imagen de Chile en el cine argumental (1910-1920) », *Cátedra de artes Universidad católica*, 2, 2006, p. 67-87.

—, *La Masificación del cine en Chile (1907-1932)*, Santiago, Lom Ediciones, 2015.

JEWKES Yvonne, *Media and Crime*, Londres, Sage, 2004.

JIMENO Myriam, *Crimen pasional: Contribución a una antropología de las emociones*, Bogota, Editorial Universidad Nacional de Colombia, 2004.

JONES Ann, *Women Who Kill*, Boston, Beacon Press, 1996.

JONES Jennifer, *Medea's Daughters: Forming and Performing the Woman Who Kills*, Columbus, Ohio State University Press, 1996.

KIRKWOOD Julieta, *Feminismo y participación política en Chile*, Santiago, Flacso, 1982.

—, *Ser política en Chile: Las feministas y los partidos*, Santiago, Flacso, 1986.

—, *Ser política en Chile: Los nudos de la sabiduría feminista*, Santiago, Cuarto Propio, 1986.

KORD Susanne, *Murderesses in German Writing (1720-1860): Heroines of Horror*, Cambridge, Cambridge University Press, 2009.

KRAUSS Rosalind, *Formless: A Users Guide*, Cambridge, MIT Press, 1997.

KRISTEVA Julia, « Stabat Mater », *Poetics Today*, 6½, *The Female Body in Western Culture: Semiotic Perspectives*, 1985, p. 133-152.

KRISTEVA Julia, *Powers of Horror: An Essay on Abjection*, New York, Columbia University Press, 1982.

KUHN Annette, *Women's Pictures: Feminism and Cinema*, Londres/New York, Verso Books, 1993.

LABARCA Amanda, *Feminismo contemporáneo*, Santiago, Zig-Zag, 1947.

LAGOS Soledad, « Teatro La Memoria: Hacia una poética de la marginalidad en el teatro chileno de los años noventa », *Apuntes*, 112, 1997, p. 104-114.

LAUTIER Bruno, « La empleada doméstica latinoamericana y la sociología del trabajo: Algunas observaciones acerca del caso brasileño », *Revista mexicana de sociología*, 65/4, 2003, p. 789-814.

LAVRIN Asunción, *Women, Feminism, and Social Change in Argentina, Chile, and Uruguay (1890-1940)*, Lincoln, University of Nebraska Press, 1995.

LEDEZMA Ana María, « Integración en celuloide: Nación y mujer en el cine mudo chileno (1917-1918) », In Germán Cossio (dir.), *Prácticas culturales, discursos y poder en América Latina*, Centro de Estudios Culturales Latinoamericanos, Université du Chili, 2009.

LIEBERMAN Lisa, « Crimes of Reason, Crimes of Passion: Suicide and the Adulterous Woman in Nineteenth-Century France », *Journal of Family History*, 24/2, 1999, p. 131-147.

LLANOS Bernardita, « Tradición e historia en la narrativa femenina en Chile: Petit y Valdivieso frente a La Quintrala », *Revista iberoamericana*, 8, 1994, p. 1025-1037.

—, « Pasión que mata: Cárcel de Mujeres de María Carolina Geel », *Signos literarios*, 2/1, 2005, p. 127-133.
—, *Passionate Subjects/Split Subjects in Twentieth-Century Literature in Chile*, Lewisburg, Bucknell University Press, 2009.
LOMBROSO Cesare, FERRERO Guglielmo, *The Female Offender*, New York, D. Appleton, 1895.
LUDMER Josefina, « Tretas del débil », In Patricia González, Eliana Ortega (dir.), *La sartén por el mango: Encuentro de escritoras latinoamericanas*, Puerto Rico, Huracán, 1985, p. 47-54.
—, *El cuerpo del delito: Un manual*, Buenos Aires, Perfil/Básicos, 1999.
LYKKE Nina, BRAIDOTTI Rosi (dir.), *Monsters, Goddesses and Cyborgs: Feminist Confrontations with Science, Medicine and Cyberspace*, Londres/Atlantic Highlands, Zed Books, 1996.
LYMAN Peter, « The Domestication of Anger », *European Journal of Social Theory*, 7/2, 2004, p. 133-147.
MERUANE Lina, « Sangre de narices », In Marco Antonio de la Parra (dir.), *Con pasión: Antología*, Santiago, Editorial Planeta, 2000, p. 123-135.
—, *Contra los hijos*, Santiago, Literatura Random House, 2018.
MILLALEO Ana, « Ser "nana" en Chile: Un imaginario cruzado por género e identidad étnica », In Andrea Millaray Painemal (dir.), *Mujeres y pueblos originarios: Luchas y resistencias hacia la descolonización*, Santiago, Pehuén/Ciir, 2016.
MISTRAL Gabriela, *Epistolario americano: Gabriela Mistral y su continente*, Santiago, Das Kapital Ediciones, 2012.
MOI Toril, *Sexual/Textual Politics: Feminist Literary Theory*, Londres/New York, Methuen, 1985.

MONTECINO Sonia, *Madres y huachos: Alegorías del mestizaje chileno*, Santiago, Cuarto Propio, 1991.
—, *Brujas y hechiceras*, Santiago, Sernam, 1994.
—, *Mujeres chilenas: Fragmentos de una historia*, Santiago, Catalonia, 2008.
MOONEY Jadwiga E. Pieper, *The Politics of Motherhood: Maternity and Women's Rights in Twentieth-Century Chile*, Pittsburgh, University of Pittsburgh Press, 2009.
MORALES Ana María, « El encarcelamiento y la reincidencia femenina », *Revista de derecho penitenciario*, 4, 2013-2014, p. 2-9.
MORALES Marcelo, « 1911-1920: Buscando un símbolo patrio », *Cine Chile*, 9 juillet 2013, www.cinechile.cl/crit&estud.293.
MORRISSEY Belinda, *When Women Kill: Questions of Agency and Subjectivity*, Londres/New York, Routledge, 2003.
MOULIAN Tomás, *Chile actual: Anatomía de un mito*, Santiago, LOM, 1997.
MULVEY Laura, « Visual Pleasure and Narrative Cinema », *Screen*, 16/3, 1975, p. 6-18.
MUÑOZ Alicia, « Reading Killing Women in Latin America: Narratives of Twentieth Century Latin America », Thèse de doctorat, Cornell University, 2009.
MURPHY Jeffrie, HAMPTON Jean, *Forgiveness and Mercy*, Cambridge, Cambridge University Press, 1988.
NGAI Sianne, *Ugly Feelings*, Cambridge, Cambridge University Press, 2005.
NOCHLIN Linda, *The Body in Pieces: The Fragment as a Metaphor of Modernity*, Londres, Thames and Hudson, 1994.
NOGUERA Damián, « Historia de la sangre de Alfredo Castro: Entre lo real y lo perverso », *Catedral tomada*, 1/2, 2013, p. 69-82.

NORIEGA Teobaldo, « Carlos Droguett: Una aventura literaria comprometida con el hombre », *Literatura chilena, creación y crítica*, 19, 1982, p. 4-9.

NUSSBAUM Martha, *Hiding from Humanity: Disgust, Shame, and the Law*, New Jersey, Princeton University Press, 2004.

OLEA Raquel, « El poder de decir: Escritura ensayística », In Sonia Montecino (dir.), *Mujeres chilenas: Fragmentos de una historia*, Santiago, Catalonia, 2008, p. 289-296.

—, « Mujeres que matan: Dos relatos situados entre el silencio y lo monstruoso », In Elena Aguila (dir.), *Mujeres y violencia: Silencios y resistencias*, Santiago, Red chilena contra la violencia doméstica y sexual, 2011, p. 97-105.

OPAZO Cristián, « Un mapa en el suelo: Apuntes sobre las dramaturgias chilenas del Bicentenario », *Nuestra América*, 7, 2009, p. 127-142.

PEARCE Lynne STACEY Jackie (dir.), *Romance Revisited*, New York, New York University Press, 1995.

PICCATO Pablo, « El significado político del homicidio en México en el siglo XX », *Cuicuilco*, 15/43, 2008, p. 57-80.

PURCELL Fernando, « Cine y censura en Chile: Entre lo local y lo transnacional (1910-1945) », *Atenea*, 503, 2011, p. 187-201.

QUINCEY (DE) Thomas, *On Murder*, éd. Robert Morrison, Oxford, Oxford University Press, 2009.

RADWAY Janice, *Reading the Romance: Women, Patriarchy, and Popular Literature*, Chapel Hill, University of North Carolina Press, 1984.

RICHARD Nelly, *Masculino/femenino: Prácticas de la diferencia y cultura democrática*, Santiago, Francisco Zegers Editor, 1993.

—, « Feminismo, experiencia y representación », *Crítica cultural y teoría literaria latinoamericanas*, 62, 1996, p. 733-744.
—, *Feminismo, género y diferencia(s)*, Santiago, Palinodia, 2008.
—, *Crítica de la memoria*, Santiago, Ediciones Universidad Diego Portales, 2010.
RIVERA Carla, « Mujeres malas: La representación del delito femenino en la prensa de principios del siglo XX », *Revista de historia social y de las mentalidades*, 8/1-2, 2004, p. 91-111.
ROBLES Andrea, « La liga de damas chilenas: De la cruzada moralizadora al sindicalismo femenino católico (1912-1918) », Mémoire de master in Estudios de género y cultura, Université du Chili, 2013.
ROJAS Jorge, *Los suplementeros: Los niños y la venta de diarios. Chile (1880-1954)*, Santiago, Ariadna Ediciones, 2006.
ROSEMBLATT Karin Alejandra, *Gendered Compromises: Political Cultures and the State in Chile (1920-1950)*, Chapel Hill, University of North Carolina Press, 2000.
ROUGEMONT (DE) Denis, *Amor y Occidente*, Madrid, Kairos, 1979.
RUEDA María Helena, « Prisión, género y literatura », *Hispamérica*, 9, 2003, p. 103-108.
SALAZAR Gabriel, *Del poder constituyente de asalariados e intelectuales: Chile siglos XX y XXI*, Santiago, LOM, 2009.
SALINAS Maximiliano, *Versos por fusilamiento: El descontento popular ante la pena de muerte en Chile en el siglo XIX*, Santiago, Fondart, 1993.
SALVATTORE Ricardo, AGUIRRE Carlos (dir.), *The Birth of the Penitentiary in Latin America: Essays on Criminology,*

Prison Reform and Social Control (1830-1949), Austin, University of Texas Press, 1996.

SANTA CRUZ Eduardo, « El cine chileno y su discurso sobre lo popular: Apuntes para un análisis histórico », *Comunicación y medios*, 18, 2008, p. 57-69.

SANTA CRUZ Lucía, *Tres ensayos sobre la mujer chilena (Siglos XVII, XIX, XX)*, Santiago, Editorial Universitaria, 1978.

SANTANA Alberto, *Grandezas y miserias del cine chileno*, Santiago, Misión, 1957.

SARABIA Rosa, « Doña Catalina de los Ríos y Lisperguer y la construcción del monstruo Quintrala», *Anales de literatura chilena*, 1/1, 2000, p. 35-52.

SARLO Beatriz, *El Imperio de los sentimientos*, Buenos Aires, Catálogos Editora, 1985.

SARTRE Jean-Paul, « Las sirvientas », In *San Genet: Comediante y Mártir*, Buenos Aires, Losada, 1967.

SEAL Lizzie, *Women, Murder and Femininity: Gender Representations of Women Who Kill*, New York, Palgrave, 2010.

SERRANO Claudia, *Estado, mujeres y política social en Chile*, Santiago, Cieplán, 1992.

SERRANO Margarita, « El caso de las mamaderas envenenadas », *El Mercurio*, 1er avril 2006.

SILVA Uca, *Lo Demás es silencio: La mujer en la crónica roja*, Quito, Ceplaes, 1998.

SMART Carol, *Women, Crime and Criminology: A Feminist Critique*, Londres, Routledge, 1976.

SOCOLOW Susan Migden, *The Women of Colonial Latin America*, Cambridge, Cambridge University Press, 2000.

SOMMER Doris, « Irresistible Romance: The Foundational Fictions of Latin America », In H. Bhabba (dir.), *Nation and Narration*, New York, Routledge, 1990, p. 71-98.

—, *Foundational Fictions: The National Romances of Latin America*, Berkeley, University of California Press, 1991.

SOUTO Luz Celestina, « Mujeres asesinas: Una nueva configuración del rol femenino », In Javier Sánchez, Alez Martín (dir.), *El Género negro: El fin de la frontera*, Saint-Jacques-de-Compostelle, Andavira, 2012, p. 327-334.

SPELMAN Elizabeth V., « Anger and Insubordination », In Anne Garry, Marilyn Pearsall (dir.), *Women, Knowledge and Reality: Explorations in Feminist Philosophy*, Londres/New York, Routledge, 1996, p. 263-273.

STOTT Rebecca, *The Fabrication of the Late-Victorian Femme Fatale: The Kiss of Death*, Londres, MacMillan Press, 1992.

SUBERCASEAUX Bernardo, *Historia de las ideas y de la cultura en Chile: El centenario y las vanguardias*, Santiago, Editorial Universitaria, 2004.

—, « Raza y nación: El caso de Chile », *A Contracorriente*, 5/1, 2007, p. 29-63.

TAMAYO Caridad, *Hombres sin mujer y mujeres sin hombre: Tanteos al universo carcelario en la novela hispanoamericana*, La Havane, Letras Cubanas, 2005.

TAYLOR Diana, *The Archive and the Repertoire: Performing Cultural Memory in the Americas*, Durham/Londres, Duke University Press, 2003.

THOMAS Gwynn, *Contesting Legitimacy in Chile: Familial Ideals, Citizenship, and Political Struggle (1970-1990)*, University Park, Pennsylvania State University Press, 2011.

TINSMAN Heidi, *Partners in Conflict: The Politics of Gender, Sexuality, and Labor in the Chilean Agrarian Reform (1950-1973)*, Durham, Duke University Press, 2002.

TORREALBA María José, « Ansiedades censoras: Discursos emergentes sobre moral y cine en Chile (1910-1925) », www.asaeca.org/aactas/torrealba_maria_jose.pdf.

TYLER Imogen, *Revolting Subjects: Social Abjection and Resistance in Neoliberal Britain*, Londres, Zed Books, 2013.

VERGARA René, *Crímenes inolvidables*, Santiago, Ernesto Carmona Editor, 2000.

VICUÑA MACKENNA Benjamín, *Los Lisperguer y La Quintrala*, Valparaiso, El Mercurio, 1877.

WEEDON Chris, *Feminist Practice and Poststructuralist Theory*, Cambridge, Wiley-Blackwell, 1996.

WOOLF Virginia, *The Collected Essays of Virginia Woolf*, Londres, Sumner Press, 2013.

ZALAQUETT Cherie, *Chilenas en armas: Testimonios e historia de mujeres militares y guerrilleras subversivas*, Santiago, Catalonia, 2009.

ZÁRATE María Soledad, « Vicious Women, Virtuous Women: The Female Delinquent and the Santiago de Chile Correctional House », In Ricardo Salvattore, Carlos Aguirre (dir.), *The Birth of the Penitentiary in Latin America: Essays on Criminology, Prison Reform and Social Control (1830-1949)*, Austin, University of Texas Press, 1996, p. 78-100.

TABLE DES MATIÈRES

La collection PAVILLONS est née au sortir de la Seconde Guerre mondiale du désir de traverser les frontières grâce aux littératures du monde. Depuis 1945, elle réunit une grande famille d'auteurs. D'Evelyn Waugh à Bret Easton Ellis, de Dino Buzzati à Margaret Atwood, de Stefan Zweig et Primo Levi à Alia Trabucco Zerán, cette collection mythique s'est dédiée à tous les horizons, elle s'ouvre désormais aussi à la littérature française. Entrer dans un livre de PAVILLONS, c'est larguer les amarres, scruter, rêver. Tel un drapeau que l'on hisse haut sur un navire, la collection affirme la force des imaginaires, la beauté des êtres.

Composition et mise en pages
Nord Compo à Villeneuve-d'Ascq

« Donnant la main à Corina Rojas,
suivant le pas déterminé de Rosa Faundez,
aux côtés de Carolina Geel et de Maria Teresa Alfaro,
nous toutes montons les mêmes escaliers,
marchons dans les mêmes couloirs,
entrons dans le même tribunal et,
regardant dans les yeux un juge qui n'est jamais seul,
qui est, en réalité, le grand jury de la société,
nous affrontons, ensemble, le poids de la loi. »

C'est sur ces mots d'Alia Trabucco Zerán
que nous achevons d'imprimer
ce tirage d'*Assassines*,
sortant de l'oubli ces voix de femmes
qui ont encore quelque chose
à nous dire, et à nous apprendre.

Robert Laffont

Imprimé en France sur du papier
issu de forêts gérées durablement.

Achevé d'imprimer en mars 2025
par Normandie Roto Impression s.a.s.
61250 Lonrai (Orne)
Dépôt légal : mars 2025
N° d'édition : 68695/01 – N° d'impression : 2502159